野藕记

蒋坤元　著

经济日报出版社

图书在版编目（CIP）数据

野藕记 / 蒋坤元著. -- 北京：经济日报出版社，
2022.5

ISBN 978-7-5196-1166-8

Ⅰ.①野... Ⅱ.①蒋... Ⅲ.①长篇小说—中国—当代

Ⅳ.①I247.5

中国版本图书馆CIP数据核字（2022）第145585号

野藕记

作　　者	蒋坤元
责任编辑	周　璠
助理编辑	王孟一
责任校对	台钰山
出版发行	经济日报出版社
地　　址	北京市西城区白纸坊东街2号A座综合楼710（邮政编码：100054）
电　　话	010-63567684（总编室）
	010-63584556（财经编辑部）
	010-63567687（企业与企业家史编辑部）
	010-63567683（经济与管理学术编辑部）
	010-63538621　63567692（发行部）
网　　址	www.edpbook.com.cn
E－mail	edpbook@126.com
经　　销	全国新华书店
印　　刷	长沙创峰印务有限公司
开　　本	880 mm×1230 mm　1/32
印　　张	9.25
字　　数	120千字
版　　次	2022年5月第1版
印　　次	2022年5月第1次印刷
书　　号	ISBN 978-7-5196-1166-8
定　　价	56.00元

目录

第一章　阿兰和阿石

如果不是江天强出现，阿兰和石头这一对年经人就结婚成家了，虽说石头家很贫穷，只有一间破房子，但他是泥瓦工，阿兰愿意跟着他，因为她相信只要热爱劳动，相亲相爱，以后生活不会苦到哪里去的。

石头说："过几年，我让你住新房子。"

阿兰说："你即使不造新房子，我也要嫁给你！"

那是一个漆黑的夜晚，他俩去邻村看了一场露天电影，当晚放映的是《苦菜花》。

"妈，今天是你的生日，给你……"秀子正要将花送给母亲，但立刻觉醒到母亲不能拿，又把花抱在怀里。

母亲注视着女儿手中的花。鲜花被雨水沐浴得更加娇媚鲜艳，在朝霞中放着异彩。在母亲眼中，最吸引她的不是那粉红色的月季花、暗红色的芍药花，而是夹在这些大花中的金黄色的苦菜花。看着看着，母亲觉得眼前一片金光，到处都开放着苦菜花。

母亲像尝到了苦菜根的清凉可口的苦味，闻到了苦菜花的馨香，她嘴唇两旁那两道明显的深细皱纹，微微抽动，流露出虽然苦楚但是幸福的微笑。

　　这是长篇小说《苦菜花》的一个片段。

　　至于电影《苦菜花》里有没有这个片段，那就不知道了，但那晚石头和阿兰看了这部电影后，他俩没有及时返回各自的家里，而是来到生产队牛棚后面。

　　阿兰哭红了眼睛，说："这个电影太苦了，让我流泪不止。"

　　石头说："的确，这是一部苦电影，但我觉得苦菜花象征一种坚强不屈的民族精神，即使天大的苦难也摧毁不了我们中华民族的刚强意志。"

　　阿兰说："还是现在生活好，横看竖看那个战争年代太危险、太苦了。"

　　石头说："那种苦难的日子已经一去不复返了。"

　　阿兰说："等我嫁给你后，你做泥瓦工，我跟着你做小工，你愿意吗？"

　　石头说："我当然愿意，只是……"他欲言又止。

　　"只是什么呀，你怎么说半句话呢？"阿兰伸手推了推他说。

　　"我当然想让你跟我一块儿造房子，可我们没有这个自

野藕记

由，这要生产队长批准的。我想生产队里有十几个年轻人，有男青年，也有女青年，他们看着我俩不用干农活，所以估计生产队长不会同意的呀。"

阿兰想了想说："王队长不是和你父亲是结把兄弟吗？"

石头说："以前他俩是结把兄弟，自从他当了队长就看不起我父亲了，我父亲脾气倔，也不去巴结他，现在他俩应该不是结把兄弟了，哎……"

◈ • • • • • • • • • • • ❖ • • • • • • • • • • ◈

牛棚边上有一个柴垛，石头轻轻地走过去，从柴垛上抽了一个稻柴又回到牛棚背后，他把稻柴放在地上，然后对阿兰说："地凉，你坐在稻柴上吧。"

自此阿兰见识到了石头的体贴。阿兰便坐稻柴上，她拍拍屁股下的稻柴，说："你也坐啊！"

石头说："我干活习惯站着的。"

阿兰便站立起来说："你不坐，我也不坐了。"

石头说："那我再去拿一个稻柴。"

阿兰伸手拉住他说："我们坐一个稻柴够了。"

石头说："那还是你坐吧。"

阿兰说："那我们不要坐了，时间不早了，我们各自回家吧。"

石头说："那好，我送你回家。"

就这样，阿兰走在前面，石头走在后面。阿兰说："我家有饼干，你待在我家外面，我拿饼干给你吃。"

石头说："我肚子不饿。"

阿兰说："我可有点肚皮饿了。"晚饭，阿兰吃的粥，而且粥很稀薄，她感觉肚皮有点发饿了。

石头说："你肚皮饿，早说呐，我可以找东西给你吃。"

阿兰说："你找什么东西给我吃呢？是不是要到你家里呀？"

石头说："不要到我家里。"

阿兰说："那有什么东西可以吃呢？"

"野藕。"石头脱口而出。

"野藕？"阿兰有点不明白。

"我知道一个潭潭，那里有野藕。"石头说，又说："你喜欢吃藕吗？"

阿兰说："喜欢，可我好几年没有吃过藕了。"

石头说："你现在想吃，我就去挖藕给你吃。"

阿兰说："我想吃藕，但天黑你怎么挖藕呢？"

石头说："挖一二只藕没问题，那你跟我走。"

两个人一前一后地走着，石头告诉她，那个潭潭里有很

野藕记

多藕，不过潭潭很深，所以只能他一个人下去挖藕。阿兰说："那不用挖藕了，我就回家，我可以吃饼干。"

石头说："前面就是那个潭潭了。"

阿兰说："潭潭里不会有蛇吧。"

石头说："可能有蛇，但是水蛇。"

"啊，有蛇，那真不要去挖藕了！"阿兰大声说。

石头说："不用怕，水蛇无毒，小时候我还特地让水蛇咬我手指，水蛇咬人就像蚊子叮人一样，没有什么疼痛的感觉。"

阿兰笑道："原来你小时候很傻、很天真呵！"

石头也笑道："傻人有傻福啊！你愿意嫁给我吗？"

阿兰说："你明天用机挂船来娶我，我就坐机挂船嫁给你。"

石头一时无语，他陷入了沉思。

两个人来到了那个潭潭，阿兰一看那个潭潭傻眼了，她说："天很黑，你看得见潭潭里的藕吗？"

石头边脱鞋子边说："我对这个潭潭熟悉，我下去挖藕。"

阿兰伸手拉住他说："不要了吧，潭潭里都是水，再说挖上来的藕是生的，我也不想吃生藕。"

石头说："潭潭里的水不深的。"

他把鞋子一甩就下到了潭潭里。

"我看过人家挖藕都用铁锹的，你没有铁锹应该挖不到藕吧。"阿兰说。

"藕，有长在深泥里的，也有长在泥表层的，我找长在泥表层的藕。"石头说，他的一双手已经伸入泥土里，因为潭潭里有水，泥土非常潮湿，所以他的双手能够伸入泥土里。

果然，他摸到了一只藕。

他对阿兰说："我摸到一只藕了。"

阿兰说："那我也下到潭潭里吧。"

石头说："你不要下来。"

阿兰说："我下到潭潭里，可以和你一起挖藕呀。"

石头是坚决不让她下到潭潭里，他就吓唬她道："潭潭里真有蛇的，你真不要下来。"

阿兰听见"有蛇"就打消了下到潭潭里的念头，她就蹲在潭潭的边上。

石头双手摸到一只藕，他使劲一拉，那一只藕却断了，他的身子向后倒了一下，险些仰面朝天。

"你小心啊！"阿兰说。

"没关系的。这一只藕断了，我也不要了。"说完，石头

野藕记

把手里的半只藕甩在潭潭里了。他的双手又在泥里寻找藕。他想，我一定要挖到一只大藕，一定要把这一只大藕送给她——自己的心上人。

阿兰说："潭潭里有蛇，你就上来吧！"

石头说："我的脚站在水里，蛇咬不了我。"

阿兰说："那我要下到潭潭里，你为何不让我下到潭潭里呢？"

石头嘿嘿一笑说："我听老人说，蛇喜欢咬皮肤嫩嫩的呀。"

阿兰嘻嘻一笑说："你这话是逗我开心吧。"

在说话的时候，石头的双手一刻不停地在泥里摸藕，他挖到了一只藕，从泥里拉出来一看，是一只大藕，于是他欣喜地对阿兰说："我挖到一只大的了！"

阿兰说："好啊，那你快上来吧！你在潭潭里，我心里总是在担心……"

石头手里拿着这一只藕从潭潭里走到岸上，他赤着脚，阿兰把他的鞋子放在他的面前，说："你快穿鞋子。"

石头说："我脚上都是烂泥，要到河里洗脚才能穿鞋呐，走，我们到河边，我把这一只藕洗干净，你就可以吃了啊！"

石头左手拿着一只藕，右手提着一双鞋子，向河边走去。阿兰跟在他的屁股后面。

石头说："前面是鱼塘，鱼塘里的水不干净，我们还是到外荡河里洗吧。"

阿兰说："你到哪里，我就跟你到哪里。"

石头说："我到天涯海角，你还跟我吗？"

阿兰说："瞎讲，你知道天涯海角在哪里吗？"

石头说："我真不知道。"

阿兰说："你不知道，那我也不知道。"

石头说："不是说跟你到天涯海角吗？我看天涯海角就是很远很远的地方。"

阿兰说："那你到很远很远的地方，我就陪你到很远很远的地方。"

前面就是鱼塘，鱼塘最南端有一个草棚，那是看鱼人住的。时针已经指向晚上 11 时，村庄里已经寂静一片，此刻鱼塘也是寂静的。石头突然发现前面有个人影在鱼塘晃动，他便对阿兰说："这么晚了，老王还没有睡觉。"看鱼塘人就是老王。而那个晃动的人影，石头以为是老王。

野藕记

阿兰说:"我看是偷鱼人。"

阿兰这么一说,石头便有了警觉,他说:"你说得对,这个人真是在偷鱼哇!"

阿兰说:"他胆子好大啊!"

石头说:"这是生产队的鱼塘,我要抓住这个偷鱼贼。"

阿兰说:"我和你一块去抓他。"

于是,石头轻轻地放下那一只藕和一双鞋子,又悄悄地向偷鱼贼那边走过去。那偷鱼贼正在聚精会神地撒网,他眼角一直扫描着鱼棚,他是提防着看鱼人的,却一点儿也没发觉"螳螂捕蝉,黄雀在后"。

石头伸手抱住了他,阿兰也冲上去拉住了他的鱼网。

偷鱼贼说:"你们干吗?快放开我!"

石头说:"你偷鱼,别想走人。"

偷鱼贼是个三十出头的男子,他一边挣扎,一边说:"你们放了我,篓子里的鱼我都给你们。"

石头说:"你别挣扎,我不会放你走的。"

偷鱼贼见软的不行就来硬的,他说:"君子报仇,十年不晚,如果你们不放我,我走不了,等我出来我就一把火烧光你们家的房子。"

石头火了,说:"我家就一间破房子,你现在就去放火啊!"又对阿兰说:"你快去鱼棚叫老王。"

阿兰答应道："好，我去叫老王。"

偷鱼贼说："兄弟，好兄弟，你放了我，我家里有一只电风扇送给你。"

石头说："谁要你的东西！"

老王听到有人偷鱼，一骨碌从床铺上跳到地上，他说："偷鱼贼在哪里？"

阿兰说："偷鱼贼被石头捉牢哉。"

老王顾不上穿外衣，走出草棚，拿起外面一把鱼叉，便跟着阿兰快步向出事地点奔去。此时，偷鱼贼一屁股坐在地上，看见老王来了，竟然恶人先告状，他说："不是我偷鱼，是他冤枉我偷鱼的，我也是刚巧经过这里。"

石头对老王说："这个偷鱼贼良心很坏的，决不能放过他。"

老王说："前几日我发现有人来偷鱼，他逃得快，我没追上他，我看这个背影就是眼前这个人。"

偷鱼贼说："我没有偷鱼，如果我偷鱼，我出门被汽车撞死。"

老王对偷鱼贼说："捉贼拿脏，捉奸成双。你有鱼网、鱼

野藕记

篓在此，你说没有偷鱼谁会相信你呢？"

王队长闻讯来了。他对石头说："你去通知大队民兵营长来，把这个偷鱼贼押送到大队部去。"

那个偷鱼贼听说要把他押送到大队部，当即双膝跪地道："求求你们放过我吧，以后我保证不会来偷鱼了，如果我再来偷鱼，我不是人。"

王队长说："你现在就不是人，你现在就是一个偷鱼贼。"

石头答应了，他对阿兰说："我去叫大队民兵营长，你早点回家吧。"

阿兰说："我跟你一块去。"

石头说："很远的，你犯不着跑这个远路。"

阿兰说："这点路不算什么，不是说我要陪你到天涯海角吗？"

石头笑了，说："这样吧，你就在这里等，那个藕洗干净，你就吃藕吧。"

阿兰说："这个藕，我可以明天吃。"她非要跟他一块去，最后石头答应她了，于是俩个人快步向大队民兵营长家走去。还好，石头认识民兵营长的家，所以没走弯路。

只是民兵营长家大门紧闭，屋子里漆黑一团，原来他已经睡着觉了。

石头拍打着木门，并且叫道："开门，开门呀！"

他叫了好几声才把民兵营长叫醒。民兵营长没开门，只是打开一扇窗户，说："我刚睡觉，你吵吵吵做什么呀？"

石头说："我是2队的石头。刚才我们捉到了一个偷鱼贼，我们浦队长差我来叫你的呀。"

民兵营长揉揉眼睛说："这个偷鱼贼可恨，我一脚把他踢死。"

只一会儿工夫，民兵营长就从屋子里走了出来，他对石头说："你知道偷鱼贼是哪里人吗？"

石头说："这个我不知道。"

民兵营长手一挥说："走，可恶的偷鱼贼不让我睡觉，我就不让他吃饭。"

当天夜里，民兵营长叫了几个民兵将那个偷鱼贼押到大队部。为了不让偷鱼贼逃走，民兵们还将偷鱼贼的双手用麻绳反绑了。

民兵营长对他说："你这个人思想肮脏，你老实交代生产队的鱼偷了几次？"

偷鱼贼说："我对天发誓，真的是头一次偷鱼。"

民兵营长说："我们会了解清楚的，如果你瞎说，那摆在

野藕记

你面前只有一条出路，就是把你往上面送，很可能你会吃官司，但你如实讲清楚，那到天亮，我们可以放你走。"

偷鱼贼沉吟半天，一言不发。

民兵营长说："你是不是不想说？"

偷鱼贼说："我真的是头一次偷鱼，如果我瞎说，我出门被汽车撞死。"

民兵营长说："这里哪里有汽车，你就是想蒙混过关。"

偷鱼贼说："那我换句话说，如果我瞎说，我坐船就沉死。"

民兵营长说："你尽说一些无用的话，我看你是一个偷鱼的老贼，今天关你一夜，明天一早就把你往上送，直接让你吃官司算了。"

然后，民兵营长关照几位民兵，叫他们看守偷鱼贼，不要让他逃走，而他自己躲到大队代销店喝酒去了。他与代销店售货员是酒肉朋友。

再说石头和阿兰。

偷鱼贼押走后，石头对阿兰说："我们到外荡河洗藕。"

阿兰说："时间不早了，我不想吃藕了。"

石头想了想，说："那这个藕你带回家，你明天可以吃的。"说完，他把手里那一只藕递给阿兰。阿兰说："给我半只藕就够了，你也拿半只。"

石头说："就一只藕，你不要说客气话了。"又说："我想吃藕，白天可以去挖藕。"

阿兰听他这么说，也就收下了那一只藕。

石头说："那现在我送你回家。"

阿兰说："你送我到村庄，我就敢回家了。"

石头说："天那么黑，说什么我一定要将你送到家里。"

走进村庄，阿兰老远就看见自家屋子里灯光还亮着。她说："我爸妈肯定还没有睡觉，他们一定在等我回家。"

石头说："今晚你回家晚了，很可能你爸妈要责问你，你怎么回答他们呢？"

阿兰挺了挺胸脯说："我对爸妈说，看电影回家时捉到一个偷鱼贼，所以回家晚了，我想爸妈知道这个事，也不会责怪我的吧。"

石头说："但愿如此，祝你好运！"

话说得没错，果然阿兰的爸妈还没有睡觉。阿兰爸脸色不太好看，他问道："你看电影怎么现在才回家？"

这里交代一下，阿兰爸身材五大三粗，他是罱河泥的好手，别的男人一天只能罱三船河泥，他能比他们多罱一船河

野藕记

泥，所以人称大力气。阿兰妈早已是中年妇女，可大家依旧叫她新嫂嫂（以下阿兰爸就叫大力气，阿兰妈就叫新嫂嫂）。

阿兰说："回家时看见有人在鱼塘偷鱼……"

她话还没有说完，大力气大声地说："我一直关照你，别人家的闲事不要管，你怎么去管人家偷鱼呢？"

阿兰说："王队长看见我，派我去叫民兵营长的。"

大力气说："半夜里，你去叫什么民兵营长，你真是狗捉耗子，多管闲事。"

新嫂嫂对大力气说："你少说几句吧，让女儿早点睡觉，明天一早还要出工哩。"

大力气说："你不要护她了。"

他对女儿说："你与谁一块看电影的？"

阿兰说："我和玉英、桃花几个人。"

大力气说："明天我看见她们要问她们的，如果不是我再请问你。"

阿兰说："我是和她们一块去看电影的，你随便问她们好了。"

新嫂嫂突然插嘴说："你不会是和石头一块去看电影的吧。"

阿兰一惊，跳了起来，断然否认，轻声说："我没有。"

新嫂嫂说："这就好，离他远点，我知道他是看中你的，但他家只有一间破房子，这不是癞蛤蟆想吃天鹅肉吗？即使我有十个女儿，一个也不会嫁给他。"

阿兰不乐意了，说："妈，你说什么话呀？石头家是穷，但他不怕苦，会做泥工，我看他比村庄里其他男青年强。"

大力气对阿兰说："我与你娘一个意思，这种穷人家不能嫁。"

新嫂嫂说："总之一句话，你离石头远点。"

阿兰说："现在是新社会，恋爱自由，我要找谁，我自己做主。"

大力气说："你自己做主可以，但你不能找石头，这是我与你娘的底线，你若找他，我与你娘肯定不会答应。"

阿兰说："你们干涉子女婚姻，你们犯法了。"

新嫂嫂说："我们哪里犯法啦，还不是为了你的幸福。"

大力气说："你听我与你娘的话不会错的，因为不听老人言，吃亏在眼前。"

阿兰说："我就不听。"

大力气拍桌子说："你不听，那我就打断你的腿！"

那个石头和阿兰的爱情还没有公开。显然，阿兰的父亲

野藕记

母亲都竭力反对他俩谈恋爱，更别说让他俩结婚了。

这夜，阿兰到底没有睡着，她不知道如何对石头说。

天亮了，石头挎了一只泥工布包到外面做活去了，据说是做石驳岸。江南水乡每年洪水泛滥，所以政府动员社会力量筑河堤。河堤，苏州人就是叫"石驳岸"。

而阿兰在生产队劳动，她跟着一群妇女干活，有时拔草，有时翻潭，有时在晒场忙活，反正样样农活都要做。

这天，阿兰和一群妇女准备摇船到外面割草。她刚坐上船，就见副队长来叫她了，叫她不要去割草。

阿兰说："不叫我割草，那叫我做啥？"

副队长说："叫你做啥，你是真不知道，还是假不知道？"

阿兰说："你不说，我怎么知道叫我做啥呢？"

副队长说："现在你跟我走，大队和公社来人了，调查昨天夜里偷鱼人的事情，叫你去做个笔录。"

"啊，怎么会叫我做笔录呢？"阿兰吃惊地说。

副队长说："我听王队长说，这个偷鱼贼是你和石头捉住的。"

阿兰点点头说："这个不假，但主要功劳是石头，我只能算是一个看客。"

副队长说："石头一早出门做泥工去了，一时也找不到他的人，所以只好请你做笔录了，你现在跟我去大队部，听王队长讲，今天公社工作组领导都要来。"

阿兰说："那我不去了，我宁愿去割草。"

副队长说："叫你去做笔录，不是请客吃饭，如果是请客吃饭，你可以说不去，但这个是上级领导下达的任务，你得不折不扣地完成，这是不容商量的。"

阿兰说："我现在倒是后悔捉拿偷鱼贼了。"

副队长说："你后悔啥？"

阿兰说："我去做笔录，整个大队社员都知道是我和石头捉拿偷鱼贼的，万一这个偷鱼贼放出来，他要报复，那我和石头可就倒霉哉。"

副队长说："这个你不用担心，这个偷鱼贼不敢这样无法无天，不敢这样为非作歹的。"

阿兰被副队长连哄带骗前去大队部做笔录。

在去的路上，副队长问阿兰："听说你与石头在谈恋爱，有没有这个事情啊？"

阿兰心里明白，如果老实承认这个事情，副队长很快会告诉自己父母亲的，那等于不打自招，那可使不得。所以，她说："还没有定下来。"

副队长说："我觉得，你嫁给石头会吃亏的。"

阿兰说："我吃亏吗？"

野藕记

副队长说："好比一朵鲜花插在牛粪上。"

副队长和阿兰来到了大队部，正好看到那个偷鱼贼被五花大绑押到一只机挂船上。有人告诉副队长，这个偷鱼贼是惯偷，现在将他送到上面去了。

副队长问："上面是哪里？"

那人说："不清楚，或许是西山监狱。"

副队长说："这么严重啊，不过应该送他到上面去，让他吃官司，这样以后就没人敢偷生产队鱼塘里的鱼了。"

阿兰对副队长说："既然偷鱼贼送上面了，那我们可以回去了吧。"

副队长说："我是送你来做笔录的，我可以先走，但你不能走。"

阿兰说："我不想来这种地方，叫我做笔录，好像我是偷鱼人哉。"

副队长说："你来做笔录是惩治坏人、是弘扬正义，所以你的腰杆子要挺直一点。"

副队长张头探脑。这时，大队长迎面走了过来，副队长也迎了上去。

大队长对副队长说："你带过来做笔录的小姑娘呢？"

副队长指着不远处的阿兰说："就是她。"

大队长说："你去叫她过来，到会议室里，公安同志都等在那里。"

副队长便向阿兰招手。

阿兰不紧不慢地走了过来。

副队长是个心急的人，他看见阿兰走路这个样子，便对她吼道："你年纪轻轻，走路怎么比七八十岁的老太婆还慢呢？"

阿兰没好气地对他说："我又不是偷鱼人，你用不着这样对我大喊大叫的呀！"

副队长还是个欺软怕硬的人，他担心阿兰转身而走，所以他继而满脸堆笑了，他说："你是捉贼女杰，我想大队会表扬你的。"

阿兰说："我不要批评，也不要表扬。"

大队长在会议室门口，对副队长和阿兰招手。副队长想进入会议室，却被大队长一把拉住，说："你在外面，让小姑娘进去。"

副队长便对阿兰说："你进去，我在外面等你。"

阿兰说："我知道了。"

她便走进了门。

野藕记

她看见会议室里有两位穿制服的人，应该他俩是公安同志吧。

他俩很客气，叫阿兰坐。

阿兰坐下了。

公安甲问："你是阿兰吗？"

阿兰答："是的。"

公安甲说："昨晚那个人在鱼塘偷鱼，你们是怎么发现的，大概是几点钟？"

阿兰答："我们经过鱼塘，大概是晚上10点钟，看到有个人在偷鱼，于是我们冲过去拉住了他，事情就是这样的。"

半小时后，阿兰做好笔录从会议室走出来，却不见副队长，见到大队长和一位瘦高个男人在交谈。

阿兰刚想问副队长哪里去了，大队长对她说："我叫他去小店买香烟去了，他就要回来的，你在这里等他吧。"

"你知道瘦高个男人是谁吗？他是公社派到大队的工作组组长江汉人。"

江汉人的眼睛盯着阿兰，阿兰的脸红了。

大队长说："江组长，这姑娘是来做笔录的。"

江组长："她犯了啥事？"

大队长说："她没犯啥事，昨晚她和另一位社员一起抓住了一个偷鱼贼。"

江组长说："那这个姑娘是好社员，大队应该奖励她。"

大队长说："还有一位男社员与她一块抓住那个偷鱼贼的，所以要奖励她的话也要奖励那个男社员。"

这时，副队长买香烟回来了，他把两包牡丹牌香烟递给大队长，还有一些零钱一起递上。然后，他对大队长说："如果没有其他事，我们就要回去了。"

大队长说："没有其他事情，你们可以回去了。"

于是，副队长招呼阿兰一块回去。

江组长对大队长说："让他们等一下。"

大队长便"喂！"的一声叫住副队长。副队长回头问道："是叫我吗？"

大队长说："江组长还有点事情要与你讲。"

江组长说："不是与他讲。"

大队长便说："不是与你讲。"

副队长脑袋瓜有点云里雾里。

江组长说："这姑娘是本公社我见过最漂亮的姑娘。"

大队长说："江组长，你不会看中她了吧。"

江组长说："我这一把年纪了，再看中姑娘那就生活作风

野藕记

出问题了，这是党纪国法不允许的。我想，我有个儿子，倒可以叫我的儿子与这姑娘做朋友。"

大队长恍然大悟："呵，原来你是想找这姑娘做你家的儿媳妇，是不是这个意思？"

江组长连声说："对对对，对对对。"

大队长顺手把手里两包香烟塞在江组长的裤袋里，说："这个事，我来找姑娘问问，如果她没有对象，我可以向你拍胸脯，保证让她做你的儿媳妇。"

江组长说："如果她愿意，我可以让她到公社供销社做营业员。"

大队长说："这么好啊，如果我有个女儿，我就与你做亲家了，只是我也与你一样，是一个和尚，哈哈哈。"

他一边朝阿兰走去，一边挥手示意副队长走开，而副队长并没理会他的用意，走上前问道："大队长，你叫我做啥？"

大队长说："你到边上点，我有事问问姑娘。"

江组长一眼看中了阿兰，想让她做儿媳妇。他走到阿兰面前，眼睛盯着看她，越看越欢喜，笑嘻嘻地说："姑娘，你

今年多大啦？"阿兰知道他是公社派到大队的工作组组长，看大队长对他毕恭毕敬，便知道他来头不小，所以她也认真地回答道："19岁。"

江组长想，儿子21岁，不是说"男大二，抱金砖吗？"那是天生的一对啊！

所以，眼前这个姑娘他是要定她做儿媳妇了。

他不动声色地又问道："你有男朋友吗？"

阿兰不是他肚皮里的蛔虫，所以他内心的想法，她并不清楚。她想到父母亲不允许她与石头谈恋爱，如果此时她说有男朋友，此事肯定传到父母亲耳朵里，因为副队长在场，此事别想瞒住。所以，她想了想，说："我年纪还小。"

她的意思就是还没有男朋友。

江组长一拍大腿说："很好，很好。"

他的异常表现让阿兰感到莫名其妙。

江组长也没有急于表态，因为他心中有数了，他想托大队妇女主任查三妹上门说亲，这样这一对亲事成功的机会有把握些，如果现在就开口说亲，把这位姑娘吓着了，那就弄巧成拙了。

江组长关心地问："你现在做什么工作？"

阿兰说："在生产队务农。"

江组长说："呵，务农很辛苦吧。"

野藕记

阿兰说："是辛苦的，但我可能只好一世像父母亲一样种田了。"

江组长说："人的命运是可以改变的，如果机会来了，就要抓住机会，那么你的命运就改变了。"

阿兰说："我一天到晚在田里干活，又有什么机会呢？"

江组长说："这次大队有一个名额，只要你自己争取一下，我看你是可以的。"

阿兰眼睛一亮，抬头说："大队有啥名额呀？"

江组长压低声音说："公社供销社要招收营业员，大队有一个名额，不过其他干部社员都不知道这个事情，所以你也不要对别人说，倘若你说了便增加竞争对手。"

阿兰说："我不会说的。"

江组长说："你想不想做营业员呢？"

阿兰脱口而出："想，好想。"

江组长说："你想，只要我帮助你，你就能心想事成。"

阿兰心想，我与眼前这位领导无亲无故，他为何对我这么好呢？所以她想了想说："大叔，你把这一个名额给我，那让我怎样感谢你呢？"

阿兰满怀希望跟着副队长回生产队去了。江组长站在那里一直看着阿兰的背影在他的视线里消失。

　　在回去的路上，副队长问："江组长找你谈话，谈点啥呀？"

　　阿兰说："他对我问寒问暖。"她并不想把江组长要她去供销社做营业员的事说出来，所以她这样说，就是想搪塞过去。

　　而副队长不死心，他继续问道："具体谈话内容是啥呢？"

　　阿兰说："他问我有没有男朋友？"

　　副队长说："有，还是没有呢？"

　　阿兰说："我对他说还没有男朋友。"

　　副队长咳嗽了一声说："我知道，你有男朋友的，就是石头，对吧？"

　　阿兰很惊讶："你怎么知道？"

　　副队长说："世上没有不透风的墙，你俩一块看电影好几次了吧，生产队好几个社员都对我说过这个事，只是我没找你说而已。"

野藕记

阿兰说："我和石头的事，那你不能对我父母亲说，他们反对我和石头在一起。"

副队长说："石头这小子，艳福不浅啊。可是我觉得江组长对你问寒问暖，他是黄鼠狼给鸡拜年，没安好心。"

阿兰说："你为何这么说他？"

副队长说："因为他打听你有没有男朋友，凭这一句话我就知道他在打你的主意了。"

阿兰说："那我就不知道了。"

两个人走在田埂上，快到生产队时，副队长说："现在快11点了，你就回家吃饭吧，下午再去田里干活。"

阿兰说："谢谢大叔！"

午饭，新嫂嫂早晨起来时就做好了，所以大力气和新嫂嫂中午回到家就可以吃饭。吃饭时，大力气问阿兰："下午还要去做笔录吗？"

阿兰说："不去了。"

大力气说："谁给你做笔录的？"

阿兰说："应该是公安吧，我也不认识。"

大力气说："那个偷鱼贼还在大队部吗？"

阿兰说："今天一早他就往上面押送走了。"

大力气说："像这种人不劳而获，最后都不会有好下场。"

阿兰本不想告诉父母亲遇到江组长的，因为事情还没有着落，但江组长要让她去做供销社营业员，这是一件好事，让父母亲知道也无妨，所以她说："在大队部，我遇到上级派到大队的工作组江组长，他说安排我到供销社做营业员。"

话还没说完，新嫂嫂就激动起来了，说："这是真的吗？这是真的吗？"

阿兰说："真的。"

新嫂嫂说："如果是真的，那我今晚就去北雪泾城隍庙烧个香，南无阿弥陀佛。"

大力气说："北雪泾城隍庙都拆光了，你哪里烧香？"

新嫂嫂说："哎呀，我在北雪泾城隍庙外面烧个香不可以吗？"

江组长说干就干。他对大队长说："你跟我去见钱书记，把刚才那个小姑娘工作的事情落实一下。"

大队长当然不敢得罪他，唯唯诺诺地说："好的，你先去找钱书记，我上茅房一下就过去。"

江组长说："茅房，什么地方？"

大队长笑了："江组长，你难道茅房都不知道吗？"

江组长说："我不知道。"

野藕记

大队长说："茅房，就是厕所。"

江组长说："你说厕所，我就晓得了，我文化不高，不懂这种老古董……"

大队长说："哎哟，你比我文化高，我才是文盲呐。"说完，他找厕所去了，而江组长向大队书记办公室走去。大队书记姓钱，他看见江组长连忙站立起来，说："江组长，你下乡来怎么不打一声招呼，我可以安排食堂给你加几个菜。"

江组长说："就是因为你要给我加菜，所以我下乡就不通知你了。"

钱书记说："那你突然过来，大队食堂真的没有什么菜吃呀。"

江组长说："你吃啥，我也吃啥，我们做干部的可不能搞特殊化。"

钱书记说："那行，我叫食堂给你加两只荷包蛋吧。"

江组长说："加两只荷包蛋的钱，我自己掏，不然我不会吃的。"

钱书记说："这鸡蛋是我家自己母鸡生的，没有花钱买呀。"

江组长说："这鸡蛋不管是谁的，你给我吃，我都要付钱，我们做干部的，不能多吃多占，不能拿群众一针一线。"

钱书记从抽屉里拿出一只茶叶罐头，给江组长倒了一杯茶，说："这是西山草青，你喝茶。"

江组长说："我有好茶，下次来我给你带两罐好茶叶。"

钱书记说："好啊，我本想去买茶叶了，那现在我就不去买茶叶了。"

江组长说："我的茶叶是黄山毛峰，是外地一位朋友送给我的，老实说我钱不多，办公室里茶叶很多，都是一些朋友送的，以后你没茶喝了，你可以对我说，我给你几罐茶叶就是了。"

钱书记不停地点头哈腰。

说了这一番客套话后，江组长的话题开始直奔主题了。他说："刚才我看到一位姑娘，长得如花似玉，我也算见过世面的一个人，见过美女无数，但像这个姑娘漂亮的真还没有见过。"

这时，大队长走进了办公室。

大队长听到了江组长的话，所以他接过江组长的话茬对钱书记说："这个姑娘就是 2 队大力气的闺女。"

钱书记三十出头，是个退伍军人，做事雷厉风行。他听江组长一番话，以为他看中这位姑娘了，但转念一想，江组

野藕记

长是有妇之夫，是个结过婚的人，他不可以再结婚了，如果再看中其他女子，那是他生活作风出问题哉。

所以，钱书记看看江组长，摊手说："江组长，你不会看上她了吧。"

不料，江组长竟然点头道："我看中她了。"

钱书记十分惊讶："你看中她，那你想找她做老婆吗？"

江组长欢喜的脸一下子沉下来："我看中她，是想把她说给我儿子，"

钱书记说："摇了半天船，忘了解缆绳，原来你是想让她做你的儿媳妇啊！"

江组长说："是的，我问过这位姑娘了，她对我说还没找对象，而且年纪比我儿子小两岁，真的是天仙配啊！"

钱书记又看看江组长，说："她说还没找对象吗？"

江组长说："她亲口对我说还没找对象，所以我觉得让她做我的儿媳妇还是有把握的。"

钱书记对阿兰有些了解，私下听人说过阿兰与石头在谈恋爱，所以他内心是有这样一个顾虑的，但见江组长信誓旦旦地说阿兰还没有对象，所以他也不想多说话，不想让江组长扫兴。

现在江组长、钱书记和大队长都在办公室。江组长说："这次公社分配给你们大队一个名额，就是到供销社做营业员，我的意见就给这位姑娘吧，因为我儿子就在供销社开车，先让他们接触起来，如果俩个人彼此看得中，那就成全他俩。"

大队长连连点头，钱书记却面露难色。

江组长看看钱书记，说："你有其他想法吗？你可以说出来。"

原来这个名额已经"名花有主"，钱书记想安排给大队会计的女儿，这个女儿二十出头，但腿有些残疾，不适合在田里干活，本来想安排她学裁缝，让她掌握一门手艺，但她的腿有残疾，踩踏缝纫机比较困难，所以让她学裁缝只好作罢。不想，半路杀出一个程咬金，如果这个名额被江组长要去，那如何向大队会计交代呢？

钱书记还是把这个顾虑说了，江组长沉默片刻说："我有一个办法，让大队会计女儿到公社另外一个单位上班，把供销社的名额让出来，你们看这个办法行不行？"

大队长说："我看这个办法不错。"

钱书记说："让大队会计女儿到公社另一个单位上班，我看也是可以的，问题是有没有这样一个名额？"

江组长说："这个我有办法搞到名额的，请你们放心，那这一件事就这么定下来吧。"

野藕记

钱书记听江组长说"有办法搞到名额"，所以他的心情瞬间"阴转晴"了。他说："关于供销社这个名额，请江组长你拍板，我们大队无条件执行。"

　　大队长说："我厚嘴唇一下，江组长的意思这个名额是给大力气的女儿吗？"

　　江组长并不知道大力气是谁，所以他重申了一句："这个名额给刚才我见过的那位姑娘，不过在给她这个名额之前，我想与她单独见一个面，有些事情我还想与她当面谈谈，不知可否？"

　　"好的。"

　　"好的。"

　　大队长和钱书记异口同声地说。

　　江组长说："本来下午我想回公社，那我今天不回去了，今天就把供销社这个名额解决好！"

　　大队长对江组长说："那很好，中午就在大队食堂吃饭，我到小店拿一瓶好点的白酒，我们喝一杯小酒。"

　　钱书记说："你现在就去食堂关照，对他们说加几个菜，就说公社领导要在这里吃饭。"

江组长摆手道："不要喝酒，也不要加菜，我们不能搞特殊化，社员们吃什么，我也吃什么，我不管到哪里，都是这样严格要求自己的。"

大队长说："江组长难得到我们大队来的，加几个菜是必需的。"说完，他拔腿就走出门外。

江组长叹了一口气说："哎，群众的眼睛是雪亮的，给我加菜，万一传出去，我清廉的名声便坏了。"

钱书记说："这样吧，等其他人吃好饭，就是食堂里没有其他吃饭的人时，我们再去食堂吃饭，尽量不要被其他社员看见。"

江组长说："那今天就这样，下次可不能这样了。"

钱书记说："好的，下不为例。"

大队长喜欢吃红烧肉，所以他一到食堂，就对食堂师傅老刘说："中午有公社干部来吃饭加几个菜，要加好些的菜。"

老刘说："来几个领导呀？"

大队说："二三个吧。"

大队长怕说来的领导少了，食堂加的菜也少，所以他多说了来的人数。最后，他重申了一句："老刘，一碗红烧肉千万不能少啊！"

老刘说："现在锅子里就有红烧肉，你要不要来一块呀？"

野藕记

大队长欣喜无比，说："那先让我尝尝，这个大锅做的红烧肉，就是让我馋的口水都流了一地。"

他打开锅盖，用筷子夹了一块红烧肉，很快一块红烧肉便吞下肚去了，他对老刘说："你这个红烧肉，比街上饭店的红烧肉好吃十倍。"说完，他伸着筷子又吃了一块红烧肉。

吃过午饭，大队长叫了大队妇女主任查三妹一块前往2队，叫阿兰到大队部"面试"。其实，所谓"面试"就是让江组长与阿兰见一次面。

查主任说："大力气的女儿有福气，竟然被江组长相中做他的媳妇。"

大队长笑了，说："你说错了，这个姑娘不是做江组长的媳妇，而是做他的儿媳妇，你说得牛头不对马嘴。"

查主任也笑了："是我说错了，不过我还是觉得这位小姑娘运气好，大队像她一般年纪大的有十几个，唯独她这个姑娘被江组长看中了……"

大队长说："不过，据我所知，这个姑娘有心上人的。"

查主任说："你的话让我想起来了，这个姑娘是在谈恋爱，好像与石头在谈恋爱，如果她做了供销社营业员，那肯定不会回来种田，那她肯定不会看上石头这个农村穷小子了。"

大队长说："年轻人的事情，我们搞不懂的，现在江组长让我们叫阿兰姑娘，我们就去叫她，其他的事情也不关我们的事，你说对不对？"

查主任点头道："对的，这种事情不用我和你瞎操心。"

此时，时针指向下午1时许。大队长看了看手表，说："现在已经是下午1点出头了，下午出工时间过了，所以阿兰姑娘应该在田里干活。"

查主任说："2队我熟悉，我知道社员们在哪里干活的，走，我们去六十浜。"

大队长说："如果在六十浜找到她，那我抽屉里有一罐头茶叶就算输给你。"

查主任说："那一言为定。"

大队长说："要是她不在六十浜，你怎么说。"

查主任说："那我抽屉里有一罐头肉，我就把这一罐头肉送给你。"

大队长说："罐头肉，我不要。"

查主任说："那你要啥？"

大队长："让我抱你亲一口可好！"

查主任捧着肚皮笑道："我是半老徐娘了，你还想吃我豆

野藕记

腐吗？真是笑死人了。"

就这样，他俩来到六十浜，果然2队男社员、女社员都在那田头干活，却被告知阿兰姑娘并不在那里，查主任问了几个人，她们也说不知道她去哪里了，今天上午都没有看见她。

这时，副队长出现了。

大队长问道："阿兰人呢？"

副队长反问道："大队长，你和查主任怎么会在这个六十浜呢？"

大队长说："工作组江组长下午要面见阿兰，我和查主任特地来叫她马上到大队部去。"

副队长说："上午江组长才见过阿兰，怎么下午还要见她呢？"

大队长瞪了他一眼："你有点拎不清。"

副队长说："你不说，我怎么知道呢？我又不是江组长肚皮里的蛔虫。"

查主任把江组长要见阿兰这件事情的来龙去脉讲给副队长听，最后问他阿兰在哪里干活？

副队长说："不好意思，我也不知道她在哪里。"

大队长说："你们队谁派工的？"

副队长说："是我。"

大队长说："是你，那阿兰做生活应该是你派的吧，你怎么可以说不知道她在哪里呢？"

副队长说："我派工知道她做个啥生活的，但真的不知道她身在何处？"

大队长说："那她人在哪里呢？现在江组长想见到她，如果你耽搁这一件大事，那我和查主任无法向江组长交代。"

副队长说："阿兰外出了。"

原来，阿兰找她的小阿姨去了，小阿姨是裁缝，一则她有一块布想找小阿姨做衣裳，二则是她和石头的事情想托小阿姨与父母亲说说，做做她父母亲的思想工作。

大队长说："全队社员都在田里劳动，她怎么可以私自外出呢？"

副队长说："我听江组长说要让阿兰进公社供销社做营业员，这对阿兰来讲真是求之不得的好事，但她对我讲没有一件像样一点的衣服，如果真去供销社上班，那可怎么办？所以，她要下午请假，我就自作主张同意她了。"

大队长说："我不是批评你，白天干活时间，你怎么可以让她不干活而请假外出呢？"

副队长说："我又不晓得江组长下午要找她，我看这个江

野藕记

组长性子比猴子还要急。"

大队长："现在我没时间与你纠缠这种事情，只要你找到阿兰，此事就算马马虎虎过去。"

副队长说："我又不认得她小阿姨家在哪里，只好去请问她的父母亲了。"

一会儿工夫，副队长把阿兰的母亲新嫂嫂找来了。查主任告诉她，现在大队有一个公社供销员做营业员的名额，经大队支部研究把这个名额给你女儿了，现在工作组江组长也在大队部，他想见一见你女儿，今天就把这个事情落实好。

新嫂嫂可高兴了，她问道："你们不会逗我笑话吧。"

查主任说："这是真的，当务之急你得尽快把你女儿叫到大队部，不然时间一过，这个好机会就溜走了，你说那可惜不可惜呀！"

＊＊＊＊＊＊＊＊＊＊＊＊＊＊＊

新嫂嫂保证找到女儿阿兰，并且让她去大队部报到。大队长说："那你快点把阿兰找到。"

新嫂嫂找到了阿兰，不容分说拉着她就向大队部跑去。

阿兰说："妈，你有啥事情讲给我听呢。"

新嫂嫂说："大队长和妇女主任刚才来田头找你的，你快去大队部，大队有一个做营业员的名额要给你，你一定不要放过这个好机会啊！"

阿兰说："上午工作组江组长对我说过这个事情的，但我没想到这事来得这么快。"

新嫂嫂说："来得快不好吗？"

其实，大队长和查主任并没急着回到大队部，他们知道阿兰到大队部肯定要经过一处水闸，所以他俩就坐在水闸的石头上，或许这就叫现实版的"守株待兔"。因为他俩还没找到阿兰，他俩心里很忧虑，感觉不便向江组长交代。

现在，他俩看到阿兰了，悬着的一颗心落地了。大队长对新嫂嫂说："你女儿跟我们一块去大队部，你回家去种地吧。"新嫂嫂脸上的表情有些不自然，她说："你们就这样对待我。"

查主任对她说："大队长的意思是你可以回去干活，他一点儿没有别的意思。"

新嫂嫂想，女儿做营业员还要找他们帮忙，所以千万不能得罪他们。所以，她独自一个人回到生产队去了。

江组长与阿兰又见面了。

江组长说："我与钱书记、大队长开了一个会，决定将唯一的一个名额让给你，你应该知道这个事情了吧。"

阿兰说："我也是刚才知道的。"

野藕记

江组长说："我把你的名字报给公社，这几天你就可以去供销社上班。"

阿兰说："我只会干农活，不懂技术。"

江组长说："你是姑娘，不必要样样精通。"

阿兰说："我到供销社做营业员主要做哪些工作？"

江组长说："据我所知，刚做营业员无非就是站柜台和打扫卫生之类的杂事，如果你表现好，工作出色，那么你就不必要站柜台，可以做些轻松一点的工作。"

阿兰说："我担心自己文化水平低，有些工作胜任不了。"

江组长说："这个你不用担心，因为我是你的后台，他们一定会对你好的。"

阿兰低头道："那我怎样感谢你呢？"

江组长说："你也不用说感谢的话，以后我会关注你的，只要你在供销社好好干。对了，我儿子江天强就在供销社工作，他是司机，我可以介绍你与他认识，或许他也会帮助你的。"

阿兰说："好的，谢谢叔叔！"

天黑了。

石头在外面干活才回来。

阿兰还不能明目张胆地去找他，只能悄悄地去找他，她也不想被其他人看到。同时，她很想告诉他，她要跳出"农门"，到供销社做营业员啦！

阿兰走到石头家时，石头也刚走出家门，两个人像约好似的。

于是，俩个来到了村后的一个小竹林。

石头说："看上去，你今天心情不错。"

阿兰说："你怎么看出来的呀？"

石头说："因为快乐就写在你的脸上。"

阿兰抬手摸了一下自己的脸，说："快乐写在我的脸上吗？"

石头说："是啊，我就觉得你跟往常不太一样，今天你一定有什么快乐的事，说出来让我分享一下你的快乐吧。"

阿兰说："真被你说中了，今天我像范进中举一样。"

石头说："范进中举，他疯了啊，你可不能这样。"

阿兰说："那我不是范进，我就是我自己。"

石头说："你看你，还在卖关子，快点把你快乐的事告诉我吧。"

阿兰说："我太幸福了，大队就一个供销社营业员的名额，现在大队领导研究下来决定把这一个名额给我，这几天

野藕记

我就要去供销社上班，从此我就不用再种田了，从此我就跳出种田这个苦海了。"

石头说："我不相信这是真的。"

阿兰说："这是真的，今天下午工作组江组长为此找我谈过话，他要让我到供销社好好干。"

石头说："我不明白大队领导怎么会点中你呢？"

阿兰说："不是大队领导点中我的，是一个公社领导？"

石头说："他是谁？"

阿兰说："就是大队工作组江组长。"

石头说："他怎么会点中你呢？"

阿兰说："他们叫我去做笔录，就是偷鱼贼的笔录，就遇见了江组长，他问了我几句话，他当场对我说，要大队把供销社做营业员的名额给我，我知道这是好事，所以我没有拒绝。"又说："石头，我说了我做营业员，我感觉，你好像有点不开心，是不是你不想让我做营业员啊？"

石头说："我觉得，世界上没有无缘无故的爱，江组长点中你肯定是有其他原因，我是有疑问的。"

阿兰说："你不要责怪人家，人家是好心好意，因为大队有好多年轻人都在抢这个名额，所以你应该为我高兴才是。"

石头一脸阴郁，说："我高兴不起来。"

本来阿兰得知自己到供销社做营业员高兴得合不拢嘴，但听石头如此说，她的心情也开始阴沉下来了。为了打破尴尬局面，石头说："你想吃野藕吗？"

　　阿兰说："我肚子不饿。"

　　石头说："挖几只野藕，你可以带回家的呀。"

　　阿兰说："那好，就去挖藕。"

　　他俩走出小竹林，经过一条长长的田埂，他们又来到了那一个泥潭。阿兰心里明白，自己去供销社做营业员，石头怕自己"见异思迁"，怕自己像一只小鸟飞走。

　　所以，她对自己说，我与石头的爱情一千年不变心，即使一万年也不动摇。

　　石头脱去鞋子，他要摸黑下到泥潭里，阿兰也在脱鞋子，她也想下到泥潭里。

　　石头说："你不要下去，你不熟悉泥潭情况，哪里有藕，哪里没有藕，我心里清楚，而你不清楚。"

　　阿兰说："我在泥潭里陪你嘛。"

　　石头说："可是泥潭里有蛇……"

　　石头一说"有蛇"，阿兰就被吓着了，神情有些紧张，她

野藕记

说："那我就不下去了，你可得小心啊，不要踩到那个蛇。"

昨晚泥潭里还没有水，今天却有很多的水，所以石头下到泥潭里"啊"地大叫了一声……

阿兰说："你怎么了？"

石头说："泥潭里的水淹到我的短裤了。"

阿兰说："那你就不要挖藕，快上来吧。"

石头说："不过，泥潭里有水没关系，反而挖藕容易些。"

夜里，黑隆隆的世界，泥潭里有个黑影在晃动。石头摸黑在泥潭里挖到了十几只野藕，因为泥潭里有水，所以石头顺势把这些野藕上面的泥巴都清洗掉了，看上去比较干净些了。

石头还想挖藕，他想挖很多的藕，阿兰说："你上来吧，这些藕足够了。"

石头说："今天泥潭里有水，这个藕都露出来了，所以比昨天好挖。"

阿兰说："挖了那么多藕也吃不了啦。"

石头说："那好吧，等吃光这些藕，我们再来这里挖藕。"

石头从泥潭走到岸上，阿兰说："你先穿上鞋子吧。"她把鞋子递到他手里，虽说他的脚上粘有泥巴，但他还是穿上了鞋子。接着他捧起地上的野藕，说："我送你回家。"

阿兰说："这么多藕，我们各人一半吧。"

石头说："这些野藕全部给你，你把它们放在阴暗的地方，它们不会坏的。"

快到阿兰家门口，石头把一捧野藕递给阿兰，阿兰便伸出双手接过这一捧野藕。石头说："你能够去供销社做营业员，这是很难得的机会，刚才我说了一些难听的话，请你不要生气。"

阿兰将一捧野藕放在路边，走近石头说："我知道你的心思，你也是为我好，我不会生气。"

石头说："你去做营业员，你父母亲什么态度？"

阿兰说："我父母亲说，这是一个好机会……"她欲言又止。石头说："我知道你父母亲肯定支持你去做营业员的，这样你就跳出农门，这样你就可以在城市里成家立业。"

阿兰说："我父母亲是有这个意思，但我心里只有你，我会想办法和你在一起。"

石头说："嗯，你是我的精神支柱，我的心里也只有你。为了爱情，我豁出去了。"

阿兰说："嗯，为了我们的爱情，我也豁出去了。"

石头说："倘若你父母亲非要你嫁给别人，你怎么办？"

野藕记

阿兰说："我刚才不是说，我豁出去了吗？我就与他们透露我与你的爱情，我对他们讲你是我的心上人，我与他们讲穷不生根的道理，我让他们相信我与你的爱情才是最真的爱情，才是最幸福的爱情。石头，你不相信我吗？"

石头说："我相信你！"

阿兰一下子扑在他的怀里。

石头很想亲吻她。

但他没有。

他想，如果这时候亲吻她，在她心目里自己就是一个"好色之徒"，这就让纯洁的爱情蒙上了一层灰尘。所以，他坚定地对自己说：不能吻，千万不能吻。

石头抚摸着她的秀发，然后轻轻地推开了她，他说："你拿好地上的野藕回家吧，时间不早了，也该睡觉了。"

阿兰说："嗯，你也回家吧。"

石头说："我不在你身边的日子，你要好好地保护你自己。"

阿兰说："你也要保护好自己，抬那个大石头不要硬上，有时候争了面子，却伤了身子，这犯不着的啊！"说完，她捡拾起地上一捧野藕缓缓地向家门口走去。

石头转身走了。只是他走了十几步后，又转身悄悄地向阿兰家走去，他还想看她一眼。此时，他看着她家的门开了，屋子里灯光亮着，然后那门很快就关上了。

他突然想冲过去，然而他没有勇气那么做。

他只是蹲下身子，在那里待了很久，很久……直到那屋子里灯光没了，他才拖着疲惫的身子回家。

有几位年轻人找到大队部，他们不明白凭什么让阿兰到供销社做营业员？大队长对他们说："这是公社指定的人选，大队没有这个权力。"他没有说实话，事实是江组长一手操纵的，根本不是公社指定的人选，而公社只是下达了这样的一个指标。

青年甲说："既然是公社指定的，有公社下发的文件吗？"

青年乙说："公社怎么知道阿兰的，她又不是大队干部，或者她是劳动模范？"

青年丙说："如果大队给不出一个正确的回答，我们就要到公社去申诉。"

青年丁说："孔老二说，'不患寡而患不均。'所以，大队这样做，有失公理，难服众人。"

大队长显然招架不住了。

野藕记

只好钱书记出场了。

钱书记说："就只有一个名额，我们大队根据公社意见，就给了2队年轻社员阿兰。"

有人说："为何要给她呢？"

钱书记说："她长得比你们小伙子都高，做供销社服务员必须身高要高，而且脸蛋要漂亮，因为这是代表我们大队出去做营业员，如果我们选一个难看的，那我们大队的名气就坏了，如果我们大队名气坏了，还会让你们这些年轻人遭殃。"

有人不解，说："让我们遭什么殃？"

钱书记大声说："让你们小伙子找不着对象，姑娘们没人要，个个都嫁不出去。"

在场的那些年轻人面面相觑。

钱书记一番话就将他们打发走了。

此事被江组长知道了，他对钱书记大为赞赏，他说："你说话有水平，这些乳臭未干的年轻人想找碴闹事，对付他们的办法多的是，接下来要去外浦湖开湖工地，谁闹得厉害，我就让谁先去，到了开湖工地就让他抬土，我让挖土人多给他的筐子里装泥，看他还闹不闹？"

钱书记伸出大拇指说："江组长，你高，实在是高！"

江组长说："对了，这次开湖工地你们大队有10个名额，我看今天来大队闹事的这些年轻人都应该让他们去，如果还缺就在其他生产队寻找。"

钱书记说："我现在倒是明白你的话了。"

江组长说："你明白了什么？"

钱书记说："有道是出头的椽子先烂，凡事要抓住主要矛盾，那么次要矛盾就不是什么矛盾了。现在开湖工地需要我们大队派 10 个青壮年去，那我们就先让闹事的青年人去，如果他们不去，那么就可以用乡规民约处罚他们，这才叫一箭双雕。"

江组长说："以后看谁还敢到大队部来闹事？"

当天中午 11 时之前，大队长把来大队部"闹事"的几位年轻人名单统计出来了，而且经过了反复核实，他们共有 8 人，分别来自三个生产队，其中有 5 个男青年，3 个女青年。

江组长拿着这些人的名单，对大队长说："这 8 个人都要去开湖工地，还缺两个人，就在其他生产队找。"

大队长说："是不是找调皮捣蛋的小年轻？"

江组长说："找根正苗红的吧。"

大队长说："我看也找这种三角石头为好。""三角石头"

野藕记

意指捣蛋鬼。

江组长说："那一窝都是三角石头，这个开湖工地会乱哄哄的，我的想法是找两个根正苗红的，让他俩做开湖工地小队正副队长，这样开湖工地不会乱。"

大队长说："你说得有道理。"

他顿了一下，接着说："那8个来闹事的小年轻如果不服从大队安排，他们不愿去开湖工地，那大队拿他们怎么办？"

江组长手一挥道："这个你交给我，有谁不愿去开湖工地，我有办法对付他们。"

大队长说："你有什么办法对付他们呢？"

江组长说："要大队民兵营长做什么？"

大队长说："你是说让民兵营长出面做他们的思想工作么？"

江组长说："出面做思想工作的应该是你们大队领导，你们做不通他们的思想工作，那只好叫大队民兵营长出面了，他们谁不愿去太湖工地，那么用麻绳捆了也要送他们去开湖工地。"

大队长心头不禁引起一股莫名的骚动。

江组长接着说："对的，对他们做好两手准备，一手文的，做做他们的思想工作；一手武的，他们不去开湖工地，那就像押送犯人一样押送他们去。"

又说："你说我的这个方法行不行？"

大队长拍拍衣服说："行，江组长你对付这些小年轻就像拍拍身上衣服的灰尘一样。"

江组长笑道："下午你就去通知这些人，倘若有人不愿意去的，就叫大队民兵营长跟上去落实。"

大队长说："我知道的，现在有你的指示，我不怕他们不去开湖工地了。"

江组长说："我们做工作，一手要馒头，一手要拳头，对积极去开湖工地的年轻人，大队应给予奖励，可以多记工分，这就是馒头。对不愿意去开湖工地的，就要给他们吃拳头，软的不行就来硬的。"

这天，阿兰去供销社报到了，被安排在生产资料部做营业员。这时，有一个年轻人出现了，他的名字叫江天强。

你知道吗？江天强就是江组长的儿子，这小子就是生产资料部的司机。江组长安排阿兰到生产资料部做营业员，他的用心就是让阿兰与江天强谈情说爱，让阿兰嫁给江天强。

生产资料部暂时没有主任，只有一个副主任，是个三十多岁的女人，这女人打扮时髦，能说会道，深得供销社领导

野藕记

赏识，所以生产资料部她大权独揽。而她老公在上海轮船上的，不经常回家，所以这个女人经常独守空房。

这女人姓汤，大家都叫她汤阿姐。

谁也想不到，汤阿姐与江天强年纪相差十几岁，他俩却好上了。有一回，江天强开车去上海提货，汤阿姐随车去了，夜晚两个人就住在上海了，夜晚两个人游玩了上海滩，看着大上海灯红酒绿，汤阿姐说："天强，你有女朋友吗？"

江天强说："没有。"

汤阿姐说："你可以谈女朋友了。"

江天强说："她还没有出现。"

汤阿姐身子靠近他说："我看着东江航行的轮船，我就想起了老公，他长年在轮船上工作，真的，我们一年只能相聚一二回。"

她的胸脯靠在他的后背上，仿佛有一阵电流穿过他的身子。

他感觉到一阵快意，而这种快意自己以前是从来没有体味过的。所以，他并没有挪动身子，就这样她的胸脯一直拥着他的后背。

她凑着他的耳朵说："你牵过女孩的手吗？"

江天强说："没有。"

汤阿姐说："那你是处男吗？"

江天强说："我没谈过恋爱，什么都不懂。"

汤阿姐说："我做你姐姐吧，你有什么不懂，我可以教你。"

江天强说："你是我的领导，我可不敢。"

汤阿姐说："哎呀，你好可爱，你不用怕我，我是你姐姐，在单位我们保持一定距离，在陌生的地方，特别在这样的夜晚，我们可以随便说话，随便做我们喜欢做的事。"

江天强说："汤阿姐，我希望自己好好工作，有点出息。"

汤阿姐说："那你与我是好朋友，我就会尽量照顾你，有机会就让你高升。"

江天强说："什么是高升。"

汤阿姐拍了他一记肩膀说："哎呀，高升就是上级提拔你，让你到上面去做领导，这个你都不懂吗？"

夜晚的上海滩人山人海，可汤阿姐心不在焉，她说："明天还得在上海奔波，我们回旅馆去吧。"

江天强说："你是领导，我听你的。"

汤阿姐说："你愿意听我的话吗？"

江天强说："此刻，你叫我跳黄浦江，我就跳。"他做了

野藕记

要跳黄浦江的姿势。汤阿姐见此一把拉住他，说："我是说着玩的，你可不能真跳黄浦江啊！"

江天强说："我也是闹着玩的。"

汤阿姐的手没有放开他，他也伸出了双手，两个人顺势就抱在了一起。

就在上海外滩，他俩亲吻了。

他的第一次吻就给了她。

当夜，他的那个第一次也给了她。汤阿姐说："从此以后，你就是我的小情人，我们永远在一起。"

江天强说："你允许我找对象吗？"

汤阿姐想了想，说："你想听我的真话，还是听我的假话。"

江天强说："我当然想听你的真话。"

汤阿姐的玉手摸着他的胸膛说："我真不想你找女朋友，我想独吞你，一直做你的情人。"

江天强说："可你有老公，他回来你就要陪他。"

汤阿姐说："他一年才回一二次，毕竟我是他的妻子，当然我得陪他，至少表面上我要做他的好妻子呀。"

江天强说："我父母亲一直希望我早点找对象，他们可想早点抱孙子。"

汤阿姐说："要不这样，我们生个孩子吧。"

江天强断然否定，说：“不行，这样我父母亲肯定不答应，他们不会让我找一个有夫之妇。”

汤阿姐说：“你说得也对，我们还是做地下夫妻吧。”

江天强说：“可以，但你要允许我找女朋友。”

汤阿姐说：“好吧，我答应你可以找女朋友。”

江天强说：“我很多事情不懂，你还得教教我。”

汤阿姐说：“这个可以的，但我与你的事，你千万不能对任何人说，即使被人发现，打死也不得承认。”

江天强说：“这个我懂的。”

这天早晨，大清早的两个人在那个旅馆又云雨了一番。本来当天事情已经办好，采购的东西已经买到，下午就可以返回。但汤阿姐说：“还在上海玩一天吧。”

江天强也被“爱情”冲昏了头脑，说：“好啊！”

那天下午，他俩什么地方也没去，在旅馆关上门……汤阿姐说：“天强，你是我的心肝宝贝，我爱你！”

江天强说：“谢谢你的爱！”

关于江天强和汤阿姐的地下情还没被人发现，故还没人知道此事，所以对他们的奸情，江组长自然是不知情。而江

野藕记

组长一心想让儿子与阿兰谈恋爱，所以他想尽办法让阿兰到生产资料部做了营业员。

这天，江组长到公社开会，趁会议结束，他来到了生产资料部。

他想了解一下江天强和阿兰的工作表现情况。

他径直走到了主任办公室。

他与汤阿姐彼此熟识。

汤阿姐看见他，心想，这是自己的"地下公公"，所以应该热情招呼他。她说："老江，你来看儿子吗？他早上开车去南京，估计要到傍晚才可回来。"

江组长说："这小子工作怎样？"

汤阿姐说："很好，他能够服从领导安排，还有吃苦精神，蛮好的。"

江组长说："他还年纪小，不懂的地方有很多，他哪里做的不对，你可以严厉批评他，年轻人就像冬天麦田里的小麦，不拍打小麦长不好啊！"

汤阿姐说："年轻人要自己学好才会好，他自己不想学好，你再批评他也没有什么大的作用。我是这么认为的。"她一边说一边给江组长倒了一杯茶。

又说："老江，你坐。"

江组长捧着茶杯坐了下来。

汤阿姐放下手里的账本，眼睛不时地偷窥江组长，从他的脸上寻找蛛丝马迹。那么，什么蛛丝马迹呢？就是她与江天强搞地下情，看江天强的父亲脸上有没有异样。还好，没有发觉江组长脸上有异样的表情，所以她忐忑的心稍微有些安静。

　　既然江天强外出了，那自然得过问一下阿兰的工作情况。

　　江组长说："新来的阿兰姑娘工作能力怎样？"

　　汤阿姐说："上次公社那个领导来我这里，说阿兰是你的儿媳妇，我问天强，他说这是他爸的意思……阿兰，真是天强的未婚妻吗？"

　　江组长说："打开天窗说亮话，我是想让天强和阿兰谈恋爱，阿兰这个小姑娘心地好，工作能力应该还可以的，我的眼光一般不会错的，你说对不对？"

　　汤阿姐说："老江，你很有眼光，阿兰这个小姑娘能力应该不错，不过生产资料部是个小庙，我觉得她更适合到百货商店做营业员，在我这里做有点埋没人才。"

　　江组长说："我的意思是先让她在这里锻炼一段时间，等有机会再调动她的工作，不过她调动工作，你肯定要出力，我再来拉一把，如果她能够调动工作，我会奖赏你的。"

　　汤阿姐心想最好把阿兰支走，因为阿兰是她真正的"竞争对手"。

野藕记

第二章　好事难成

石头知道了江组长要把阿兰介绍给江天强做女朋友，他非常生气。他想冲到生产资料部找阿兰当面问问清楚，但他走到半路便开始冷静下来。

到生产资料部做什么呢？如果不是这么一回事，那也被自己搞得满城风雨了，如果阿兰真与那个小子谈恋爱，确有此事，那自己也不能对阿兰动粗，因为她是他的心上人，他不想让她受到一丁点的伤害。哪怕她做错了事，也要宽容她，也要原谅她。

他就一个人坐在一条田埂上唉声叹气。

突然，他看见了一只黄鼠狼从田埂上穿过，他连忙站立起来，朝着黄鼠狼出没的地方跑去，却已经不见了那一只黄鼠狼的影子。

他觉得黄鼠狼很厉害，如果人类没有捕捉工具，休想捕捉到它。于是，他想做一只黄鼠狼多好啊，至少来去自由，没有那些是是非非，没有失落，没有伤悲。

059

人心里有事肯定心神不宁，他决定等阿兰晚上下班回家，再找她谈心。

石头想，即使阿兰回家了，自己也不便直接去她家，如果被她的父母看见，那就"因小失大"，很可能被她的父母赶出家门。所以，他想到了一个好办法。

他守在一座小木桥桥墩，这是阿兰下班的必经之地。

天快黑了，可是阿兰还没有出现。

这时，阿兰爸大力气经过木桥了，他的肩膀上捎了两根甘蔗。石头想回避他，已经来不及了，就是被大力气看见了。要命的是大力气站在桥上干脆放下两根甘蔗，他一屁股坐在桥的栏杆上。

就这样他静止地坐在木桥上很长的时间，但阿兰依然没有出现。

显然，大力气洞察到了石头的意图，于是他就决定在桥上等待女儿，决不给石头与阿兰见面的机会。

石头感觉大力气很不讲道理，但又不能上前指责他，或者让他走人。既然大力气待在木桥上不走，石头想起一句话"你走你的阳光道，我走我的独木桥"，你不走人，我走人。

于是，他拔腿向前面走去，或许在前面的路上，可能与阿兰在路上相遇哩。你绝对没想到的是，大力气捎着两根甘蔗竟然也加紧脚步跟在他的后面。石头像被孙悟空定了身子

野藕记

一样，动不了，感觉自己的身子都被他束缚住了，只有加快步伐，将他远远地甩去……

石头心里想，大力气这个人真是一只狡猾的老狐狸。

◉ ● ◦ ● ◦ ● ◦ ● ◦ ● ◦ ❖ ◦ ● ◦ ● ◦ ● ◦ ● ◦ ● ◉

石头低头奔跑着，险些与迎面过来的人相撞，他抬头一看是小舅。小舅说："外甥，你跑得这么快，有啥急事？"

石头说："小舅，你看大力气在追过来，你把他拦住。"

小舅说："他为啥追你？"

石头说："他不许我和他女儿谈恋爱。"

小舅火了，说："外甥，你走，我来拦住这个狗虫。"

石头说："他力气大，你要当心点。"

小舅说："你走，我有办法对付他的。"

于是，石头转身便走了。

大力气掮了两根甘蔗赶到了，他有些气喘吁吁，看到小舅挡在路中央，他说："你不要挡我路，被我甘蔗打到休要怪我。"他一边说，一边挥动着两根甘蔗。

小舅并没有让路，而是伸手拉住了他的两根甘蔗。

大力气险些摔倒，说："你眼睛瞎了吗？"

小舅嬉皮笑脸："我想尝尝你的甘蔗甜不甜？"

大力气说："你要吃甘蔗自己去买，不要挡我路。"

小舅说："好啊，那你卖一根甘蔗给我啊？"说着，他伸手又去拉大力气肩膀上的甘蔗。大力气哭丧着脸说："我对你说，我这个甘蔗不卖的，你再挡我路，我要用甘蔗打你人哉。"

小舅说："你用甘蔗打我呀，那我就可以抢这个甘蔗吃了。"

大力气扬起甘蔗，但他终究没有打人。他苦笑道："你这个娘舅挡住我路，让你外甥跑路了。"

小舅暗自发笑，他和石头这个念头居然被他识破。于是，他干脆与大力气挑明了，说："石头没有做什么亏心事，你像黄鼠狼追小鸡追我外甥做啥？"

大力气说："你外甥癞蛤蟆想吃天鹅肉。"

小舅说："你错了，我外甥是天上的一只雄鹰。"

大力气说："你想想你姐夫，一间破老棚，我看你外甥只好一世打光棍。"

小舅说："穷不生根，我看好这个外甥，他会泥工，不用几年，他家就会盖新房子。"

大力气说："那是痴人说梦。"

小舅说："六十年风水轮流转，你不要老眼光，不要看不起穷人。"

野藕记

大力气说："我就是看不起穷人，你能拿我怎样？"

小舅说："我有办法的。"

大力气说："你有什么办法？"

小舅说："我让外甥把你女儿肚皮睡大，白米煮成熟饭，看你还看不起穷人吗？"

大力气火了，说："你不会叫你外甥睡你女儿肚皮吗？"说完，他真要拿甘蔗打人了，见此小舅慌忙逃之夭夭。

◉ · · ◉ · · ◉ · · ◉ · · ◉ · · ❖ · · ◉ · · ◉ · · ◉ · · ◉ · · ◉

大力气被小舅如此一折腾，有些精疲力竭了，他抬头一看，石头已经不见人影。哎，他也不想再去跟踪石头了，这穷小子不会有什么出息。他想，天要下雨，娘要嫁人，那就"到啥山，砍啥柴"吧。

于是，他掮扛两根甘蔗转身往回走了。他又转念一想，石头肯定是想在路上等阿兰下班，肯定是他想约定今天晚上约会，那现在跟踪不了石头，那么这个晚上一定看好女儿，不准她迈出家门一步。

此时，他为自己这个计谋竟然有点得意了。

他回到家中，新嫂嫂说："我叫你买的鱼呢？"

大力气说："我买了甘蔗，忘记买鱼了。"

新嫂嫂说："女儿回家吃晚饭，一样荤菜也没有，你怎么可以忘记买鱼呢？"

大力气说："我想女儿喜欢吃甘蔗，甘蔗我买了两根，哎，年纪不老，忘记性却来了。"

新嫂嫂说："那我去村庄东头船上买鱼，哎托你买鱼，没想到你是'王（忘）伯伯'一个。"

大力气说："还是我去买鱼吧。"

他拿了钱走到门口，突然转身对新嫂嫂说："今晚要看好女儿，不能让她出门。"

新嫂嫂说："为啥？"

大力气说："刚才在回家路上，我看见石头等在路边，于是我也等在路边，那小子却转身走了，我便跟着他，结果碰着一个十三点，把我的路挡住了……"

他一五一十把石头的小舅拦他的事说给新嫂嫂听，不料新嫂嫂回敬道："他们一个都没有错，是你自己疑神疑鬼了。不要多说了，你快去鱼船买鱼吧。"

大力气说："你这个女人怎么手臂朝外弯呢？"

新嫂嫂说："女儿大了，她现在做了营业员，眼光不一样了，她与石头的关系也会慢慢变冷的。"

大力气说："你错了，他俩私下一直在联系，万一你女儿肚皮大起来，那怎么办？"

野藕记

新嫂嫂说："这个不可能，你女儿不是这样轻浮的姑娘。"

大力气说："我也觉得女儿不是轻浮的姑娘，我是讲万一，不是讲不怕一万，就怕万一吗？"

新嫂嫂不耐烦了，说："女儿快回家了，你快去买鱼吧，要么索性不要买鱼，让女儿吃饭喝酱油汤算了。"

大力气这才很不情愿地买鱼去了。

过了二十几分钟，他回来了，说："鱼没了，我买了河虾。"

新嫂嫂说："河虾活的吗？"

大力气说："活的。"

新嫂嫂打开袋子一看，河虾都变色了，说："哪是活虾，都死了，哎，你做事总是这样草率。"

⦿ ⦿ ⦿ ⦿ ⦿ ⦿ ⦿ ⦿ ❖ ⦿ ⦿ ⦿ ⦿ ⦿ ⦿ ⦿ ⦿

石头真的在路上等到了阿兰，但他担心她父亲出现，所以对她说："我们到河边说话。"

阿兰说："你有什么事情？"

石头说："我有话对你说。"

阿兰说："今晚我们约个时间到小竹林约会吧，现在我要回家，我爸妈在等我回家吃晚饭哩。"

石头说："我担心你晚上出不来。"

阿兰说："为啥呢？"

石头说："刚才我被你父亲跟踪了，要不是我小舅拦着他，我就甩不掉你父亲，今天我总算领教你父亲了。"

阿兰说："你领教到什么呢？"

石头说："你父亲是老油条，不讲人情，不讲道理。"

阿兰说："我爸这个人还可以的，你不能这样说他。"

石头说："好，我不说他。那我们到河边说会儿话，我真有话对你说。"

小河边长满了杂草，为了活跃气氛，石头拔了一棵草问道："你知道这草叫什么吗？"

阿兰说："别的草什么名，我不知道，我就知道这个草的名字。"

石头说："那你说，我看你说得对不对？"

阿兰说："这是狗尾巴草。我说得对吗？"

石头说："你说得很对。你看，这一棵草长得像不像狗尾巴啊。"

阿兰说："我看跟猫尾巴也差不多。"

石头说："你不要这么说啊，这是李时珍《本草纲目》记载的，所以不能乱叫。"又说："我喜欢狗尾巴草，虽说没有人关心它、浇灌它，但它总是默默生长，狗尾巴草像极了我

野藕记

这样的年轻人。"

两人坐在了河边。

石头端详着她的脸说："你好像瘦了。"

阿兰说："刚到生产资料部还不习惯，一直担心盘账亏空，如果有亏空，单位说要在我的工资里扣，如果工资不够扣，就要找我们自己从家里拿出来。"

石头说："这么说，这个饭碗也不好吃的。"

阿兰说："而且这不是铁饭碗，如果干得不好，还要辞退回到生产队去。"

石头说："不管怎样，你既然到生产资料部做营业员了，就要尽心尽力做好自己的工作吧。"又说："你在那里工作心情快乐吗？"

阿兰说："总体来讲，还好吧，我觉得资料部汤阿姐副主任真的是一个能说会道的女人，在我们员工面前一本正经是领导的样子，在上级领导面前，见到她的脸恰是满面春风……"

石头笑了，说："那你在她手下工作还得小心点。"

江组长一眼看中阿兰，要她做儿媳妇，这事几乎全大队

社员群众都知道了，石头也听说了这个事情，但他相信阿兰不会是"水性杨花"，不会见异思迁，不会动摇与自己纯真的爱情。

他约阿兰见面就是想当面听听她内心的真实想法。但他又不好意思开口说这个话题。还是阿兰先说了此事，她说："你有话对我说，那你有什么话，你可以对我说，我愿意听。"

石头沉重地叹了一口气，说："很明显，你父母亲嫌弃我家穷，他们眼界高，他们看不起我，他们不会同意我和你的这门亲事。"

阿兰说："我父母亲就是老思想，他们担心我跟着你，受苦受累，也不是嫌弃你，你说过二三年后就要建造三间新房子，我看到那时候，我父母亲也会对你刮目相看了，到时我与你可以在阳光下相爱了。"

石头说："关于建造房子不是问题，今年我筹备好石头和木头，明年筹备砖瓦，或许明年就可以把三间新房建造起来。"

阿兰说："你可以借钱建造房子，等我们结婚后一起还债。"

石头说："我不想借钱，如果借钱了，这个风声传到你父母亲耳朵里，那他们又不会同意我们相爱了，你说对不对？"

阿兰点头道："对的，有这种可能。"

野藕记

石头说："听说生产队要买机挂船跑运输，我就想要一只机挂船跑运输，应该比我做泥工挣钱多些。"

阿兰说："等我们结婚了，我和你一块开机挂船跑运输。"

石头说："那可不行，你是供销社员工，像城里人拿工资的，何必跑运输自寻苦吃呢？"

阿兰忽然睁大眼睛，拍了一下手掌说："对了，我可以给你介绍运输生意，我们生产资料部就需要运输船的，运输化肥、农药，还有竹子、木头、尼龙，品种很多的呀。"

石头说："那你又没有找运输船的权力？"

阿兰说："我是没有这个权力，但我可以对汤阿姐说，安排运输船的权力都在她手里。"

石头说："如果像你说的这样，那我迫切想跑运输了，毕竟做泥工拿的是死钱，而跑运输都是活钱。"他对跑运输很有兴趣了。

天快暗了，石头想，现在不得不说说大队工作组江组长公子的事了。

石头说："听说江组长的儿子是你们单位的司机，江组长要把你介绍给他的儿子，这是不是真的？"

阿兰为何能到生产资料部做营业员，就是江组长"指名道姓"给了她这个名额，这一件事情大队里很多人都知道，想必石头也是知道的，或许大队其他人都知道江组长是指望阿兰嫁给他的儿子，但这个就没有人告诉石头，所以石头对此也是模棱两可。

　　那么，阿兰是如何回答石头的提问呢？

　　阿兰的手习惯地理了一下自己的长发，说："是这样的，江组长是推荐我到生产资料部上班，但我有自己的主张，我不可能会和他的儿子谈恋爱，因为我的心里只有你。"

　　石头说："可是现在我和你不一样了。"

　　阿兰说："我和你有什么不一样呢？"

　　石头说："现在你是生产资料部员工，而我是一个农民，我们的地位不一样了。"

　　阿兰说："我只是工作有了变化，但我是临时工，我仍是一个地道的农民，再说我的心一直与你相随。"说着，她的眼圈红了。

　　"啊，我相信你，我相信你不会不爱我的。"石头望着她的眼睛深情地说。又说："有人告诉我，说江组长的儿子就在

野藕记

你们生产资料部开车，这是不是真的？"

阿兰想这种事情也瞒不住，应该实话实说。她说："是的。"

石头说："那么，江组长的儿子向你求过爱吗？"

阿兰摇头道："哪有啊，我们很少说话呢。"

石头心神不宁地说："这个可是一个定时炸弹。"

阿兰当然理解他这一句话的意思，但也不能指责他，所以她轻轻地说："我与他只是同事，一个生产资料部有十几个人，还有其他的年轻人，又不是就我们两个人，还有我看他也是一个肯干活的年轻人，并不是像公子哥吃喝玩乐呀。"

石头说："呵，原来你对他的感觉这么好啊！"

对于这个说法，阿兰予以断然否定。她说："每个人总会给别人留下印象，有好的，有坏的，至少初次相识，他给我留下的印象应该是好的。所以，你不能以为他是一颗定时炸弹。"

石头说："我只是打一个比方，不过我想江组长肯定在打你主意。"大队有人说，江组长在大队还有一个情人。究竟那个情人是谁，有的人已知道，但石头还不知道。

阿兰说："那你要我怎么做？"

石头说："我相信你，我相信你会自己做好的。"

天快黑了，阿兰站立起来，用手拍打着裤子，说："我要回去了，不然我父母亲要担心我的，说不准我父亲会出门寻找我。"

　　石头说："那晚上到小竹林好吗？"

　　阿兰面露难色："我父母亲不会让我出门。"

　　石头说："那我们什么时候见面呢？"

　　阿兰说："星期天我休息，你有空吗？"

　　石头说："我哪有星期天，每天要去筑石驳岸。"

　　阿兰说："你在哪里筑石驳岸，我可以去找你。"

　　石头说："可是你即使找到我，我也无法陪你说话。"他想了想说："那我们讲好，星期天我请假，不知道用什么理由请假？这几天我要好好想一想。"

　　阿兰说："我听生产资料部几个老同事讲，她们请假就说上医院看病，或者是某位亲友住院，请假理由五花八门。"

　　石头脚一跺说："有了，就说我胃痛，要去医院做胃镜。"

　　阿兰说："这个理由好，那我们讲好这个星期天见。"

　　"哪里见？"

　　"就这里吧。"

野藕记

"几点。"

"早晨 6 点。"

"早晨 6 点，好像太早了吧。"阿兰说。

"早是早了一点，但晚了怕你走不了。"石头说。经他这么一提醒，阿兰才恍然大悟，说："对的，不这么早走，父母亲还起疑心的，这么早走，他们以为我是去上班，你的想法很高明。"

石头说："你说得对，我就是这样想的，另外早点出来也有好处，我们坐公交车去虎丘玩好吗？"

阿兰说："好，但我还没有去过虎丘玩呢？"

石头说："所以，我们去虎丘玩呀。"又说："苏东坡说'到苏州不到虎丘，乃憾事也'，我们身在苏州没玩虎丘，也乃憾事也。"

阿兰说："你天文地理都知道啊！"

石头说："我也是看书知道的。"

阿兰说："那我走了，你也回家吧。"

石头说："是的，我也回家了，这个星期天我们不见不散。"

石头要送阿兰一程，阿兰说什么也不让他送，她说："万一路上遇见我父亲，那就尴尬了。"阿兰这么一说，石头便不说送她一程路了。他站在原地，看着阿兰一步一步离去，夜真的很黑、很黑……

想不到的是阿兰却又走了回来，石头表示很惊讶。

石头说："你不回家了吗？"

阿兰说："我忘记对你说一句话了。"

"什么话？"

"不管外面怎么说，你要相信我，相信我们的爱情！"

石头并没有立即回家，他一个人去了那个泥潭，他想挖野藕，那野藕的叶子都塌在水面上了，有的已经枯萎。当他赤脚下到泥潭里，用手伸入泥土里摸藕，泥潭里还是有藕，只是好像没有以前多，大概也有其他人来这里挖藕吧。

野藕本来就是自己生长着的，看见的人都可以挖藕。

石头一口气挖到了 10 只野藕，当他想从泥潭里走到岸上时，忽然感觉脚底踩到了一个会动的东西，他第一感觉，这一个东西应该是甲鱼。

他的手又伸入泥里。

他的手摸了那东西一下，就证实了他的想法，果然是一只甲鱼。于是，他把那一只甲鱼从泥里掏到了岸上，因为怕甲鱼咬人，所以他先把甲鱼甩到岸上。

野藕记

他急忙爬到岸上，伸手抓住了那一只甲鱼。

好家伙，一只大甲鱼，像小面盆那么大的甲鱼，估计有四五斤重吧，而且诚然是一只野生大甲鱼哎，这可把石头乐坏了。但那么多野藕和那一只甲鱼不好拿啊，于是他抓着那一只甲鱼在附近寻找有没有袋子，后来在附近的牛棚里找到了一只蛇皮袋子，他将野藕和甲鱼统统装入蛇皮袋子高高兴兴回家去了。回家后，他把那一只甲鱼洗干净，然后寄养在水缸里。他想，明天起个早，将甲鱼拿到街上集市卖了。

他好高兴啊，这下与阿兰去虎丘游玩的钱有了。

他那么高兴，而阿兰回家去很不高兴。那么，阿兰遇见了什么事呢？

阿兰回到家，大力气说："老早到船上买了河虾，等你下班回家，等得我和你娘脖子也长了，等得一大碗河虾都死光光了，你才回来。我问你，你是不是半路上碰到石头了，你给我老实坦白。"

阿兰知道父母亲会来这一套的，所以她心里早有准备。她说："爸，你不要血口喷人，我下班后直接回来的。"

大力气说："你不是5点（下午）下班吗？"

阿兰说："今天下班时来了一船竹子，所以下班晚了。"她说得像真的一样，因为她一脸的一本正经。

新嫂嫂说："你们父女俩不要斗嘴了，快准备吃晚饭吧，今天有新鲜的河虾，阿兰爸你要不要喝一盅酒。"

大力气说："不喝，我心里一口气还没有落下。"

阿兰说："爸，谁惹你生气了。"

大力气说："就是石头这个小赤佬。"

阿兰说："他怎么惹你生气啦？"

在吃晚饭的时候，大力气对阿兰说："吃好晚饭，你不会出门了吧。"

阿兰听了父亲的话，心里很不舒服，所以她故意说："吃好晚饭，我马上要出去。"

大力气手掌拍了一下桌子，说："你是不是去见石头？"

阿兰说："不是。"

大力气说："那你准备到哪里去？"

阿兰说："我想到哪里去，就到哪里去。"

大力气手掌又拍了一下桌子："今天你老实待在家里，什么地方也不让你去。你以为我不知道，你就是去见那个穷小子。我告诉你，你尽快与他一刀两断，我是不会答应你和他谈恋爱的。"

这时，新嫂嫂走了过来，她对大力气说："女儿要出门，

野藕记

你让她出门，不过你可以跟着她，看她去见谁？"

大力气说："她小脚夹在屁眼里，走得比野兔子还快，我哪里跟得上她呀？"

阿兰见父母亲一唱一和，生气地对他们说："行，我听你们话，以后我就不谈恋爱了，今晚我就不出去了。"说完，她向里屋走去，"砰"的一声就把那一扇木门关上了。

新嫂嫂便走过去，一边敲打木门，一边说："阿兰，你开门，你开门，你爸不让你出门，我让你出门，你快开门。"

任凭母亲呼唤，阿兰就是置之不理。

这个时候，有个女人出现在大门口。

你知道她是谁吗？

来者就是大队妇女主任查三妹。

查主任站在门口说："大力气，晚饭吃过了吗？"平日里，大力气与查主任私交甚好，他看见查主任在门口，连忙满脸堆笑说："查主任，是你啊，我们刚吃过晚饭，你吃过晚饭了吗？"

查主任说："我吃好晚饭了，想来看看你和新嫂嫂。"

大力气是个聪明人，他心里明白查主任肯定是为阿兰而来，肯定是江主任托她上门来做媒的。

新嫂嫂听到了查主任的声音，她也走了过来，说："查主任，什么风把你吹到我家来了。"

查主任说："老话讲，无事不登三宝殿，我是受江组长委托，来上门说亲的呀。"

大力气和新嫂嫂两人私下已经达成共识，同意女儿与江组长的公子恋爱。所以他俩一听"江组长"，就耳朵竖起来了，连忙招呼查主任到屋子里坐。

新嫂嫂递给查主任一碗红糖水，说："查主任，喝红糖水。"

查主任说："哎哟，喝白开水就可以了，让我喝红糖水，可不要把我当外人啊！"

⊙ • • • • • • ⊙ • • • • • • ⊙ ━━ ❈ ━━ ⊙ • • • • • • ⊙ • • • • • • ⊙

自然扯到了阿兰。查主任眼睛一扫，没有看见阿兰便问道："你女儿呢？是不是还没有下班呀？"

大力气没有说话，脸色有些尴尬。

新嫂嫂凑近查主任说："刚才吃好晚饭，父女两人斗嘴，女儿要外出，大力气不让外出，结果女儿脾气上来了，把自己关在屋子里，我叫了半天，她就是不愿意开门。"

查主任批评大力气道："现在年轻人不像我们那代人，父母说什么，子女都要听，现在是'若要好，老做小'，做父母的倒过来要听听子女的话，你的老脑筋思想也要改变一

野藕记

下哉。"

大力气苦笑道："我不是不让她夜里外出，你知道的，江组长为她到供销社做营业员出了很多力，那可是出了大力的，没有他利用职权搞这个关系，能轮得上我们这种贫下中农人家吗？"

新嫂嫂当即纠正他，说："你说江组长利用职权，这个话传出去那可对江组长，对我们女儿都没有一点儿好处。你可不能这样乱说。"

查主任对大力气说："阿兰到供销社做营业员是经过大队支部讨论的，并不是江组长搞什么特权，你这种说江组长的话在我面前说说没有什么关系，在其他社员面前可不能这样说。"

大力气叹了一口气，说："以后我不会这样说了，要说就说这是大队支部集体决定我女儿到供销社做营业员的，如果别人说江组长为我女儿搞特权，那我上去就给他一巴掌。"

新嫂嫂说："你这个人怎么话都不会说了。"

查主任说："别人这么说话，你不听，你走开就行了，不要与小人一般见识。"

大力气说："我知道了。"

查主任说："江组长特地托我到你家来做媒人，我出世第一次做媒人，真的还不知道怎么说媒，不过事情也是很简单，现在江组长看你女儿长得标致，长得大大方方，所以他很想与他公子配成一对，而且江组长明确表态，如果这门亲事谈成了，你女儿今后还会调到更好的工作，反正是跳出农门，再也不要在田角落里像水牛一身污泥了。"

"我和阿兰娘都没有意见。"大力气说。

"如果谈得拢，我和大力气感觉这门亲事，我们高攀了。"新嫂嫂说。不过，她的脸上掠过一丝忧虑，一则阿兰在房间里愿意不愿意开门？二则她和石头是否是藕断丝连？新嫂嫂心里有点难过，有点说不出的忧虑味道。

查主任上门说亲，而大力气和新嫂嫂夫妻俩都表示愿意，大概他俩已经商量过的吧，所以说法完全一致。查主任说："你们女儿是什么态度呢？"

大力气说："她还年纪小，不太懂事，我说话，她不敢违抗。"

新嫂嫂说："一个人要知恩图报，女儿能做供销社营业员，至少这一点应该感谢人家吧，不能忘记人家对自己的恩情。"

查主任说："你们说得都不错，那让我见见阿兰，看她怎么说？"

新嫂嫂猛然转身去敲门："阿兰，你开门，大队查主任要见你。"

野藕记

阿兰自然知道查主任来的目的，她肯定是来做媒人的，把自己说给江天强……所以，这个门不能打开，这个女人不能见。

新嫂嫂叫了半天门，阿兰就是不开门。

大力气火了，他伸脚踢了一下那个木门，新嫂嫂连忙将他拉住，说："这个木门不牢固的，你踢坏门了，还要花钱找木匠修理的呀。"

大力气说："你不要拦我，我再来一脚踢开门。"

新嫂嫂身子挡在门前，手舞足蹈的样子，就是不让大力气踢门。

新嫂嫂说："我再来叫叫她。"

于是，她身子伏在木门上，叫道："好女儿，你快开门。""阿兰，你开门，查主任有话对你说，你不能这样没礼貌。""你快开门啊，妈妈求求你了。"

这些话阿兰都听到，但她就是不开门。

新嫂嫂长叹一口气，说："这死丫头是不是睡着觉了，我喊叫得喉咙都疼痛了。"

大力气没好气地对新嫂嫂说："这死丫头脾气就像你，当初我上你家门，也是你娘叫了你半天，你才不情愿开门的。"

新嫂嫂听了他的话，一点没生气，说："到现在我都后悔开门的，嫁着你这种没出息的男人。"

大力气说："我没出息，那你现在还不老，你可以去嫁有出息的男人啊！"

查主任笑了起来，对大力气说："新嫂嫂再嫁人，你倒是可以再讨老婆，或许你可以讨一个黄花闺女哩。"

大力气笑了，说："那你给我做介绍啊！"

新嫂嫂对大力气说："你真的不要脸皮。"

大力气没有说话，他突然跑出大门，新嫂嫂不知道他想做啥，便跟了出去，查主任也跟了出去。原来，大力气趴在窗户上张望，可惜那窗户被窗帘遮住了，屋子里的情境一点也看不见……

大力气一时无计可施，新嫂嫂也是唉声叹气。

查主任说："这样吧，我对江组长说见到姑娘父母亲了，但没见到姑娘本人，姑娘父母亲挺好的，两个人都同意这门亲事，都感谢江组长让姑娘跳出农门，做上了供销社的营业员。"

大力气和新嫂嫂连连点头。

新嫂嫂对查主任说："多谢你说好话，这丫头的思想工作，我们会做通的。"

野藕记

大力气说："她是身在福中不知福，毕竟她的想法还幼稚。"

查主任说："江组长很能干的，有希望做大干部，这是一棵摇钱树，现在你们机会来了，可要抓住啊，因为机会就像流星，失去了就永远失去了。"

新嫂嫂说："是的，是的，这是一棵摇钱树。"

大力气说："你对江组长讲，小丫头很好的，这门亲事应该讲很好的。"

查主任要走了，新嫂嫂对她说："你等一下。"

只见新嫂嫂跑到厨房，掏了10只鸡蛋装在一只鞋子盒里，她捧出鞋子盒走到查主任面前，说："查主任，没有什么东西送你，这10只鸡蛋还都是新鲜的，你收好。"

查主任说："用不着这样客气的。"

她说不收。

大力气说："收下吧，你不收，我手捧鸡蛋跟在你屁股后头，我就把鸡蛋送到你家里。"

查主任这才说："好吧，那鸡蛋我收下了，谢谢你们，我还为阿兰姑娘说好话的，这门亲事我很看好，阿兰姑娘嫁着这种干部人家，真是前世修来的福气。"

查主任捧着鸡蛋走了，她的身影消失在黑夜里。

刚才热闹的屋子显得冷清了。

大力气对新嫂嫂说："现在你再去叫叫女儿，她不开门，真是气死我了。"

新嫂嫂说："现在叫她开门也没有什么意思，说不定她已经睡着觉了。"

大力气说："哎呀，你总是这样偏袒她。"

新嫂嫂说："偏袒，你说啥？"

大力气说："我说啥呀，我说你总是这样宠她，把她惯成现在这样不听大人话的坏样子。"

新嫂嫂说："这个你不能怪我的，你想想看，一块稻田好不好，秧苗很重要，你要怪就怪你的种不好，这才对呀！"

大力气说："你怪我种不好，你这块稻田也不会好到哪里呀？"

新嫂嫂说："你一把年纪了，说话能不能正经一点儿。"

大力气说："好男不与女斗，我不想与你争长争短，还是想一想怎样说服女儿吧。"

第二天上午 10 时，江组长急匆匆来到了大队部，他径直走到查主任办公室，他主要想了解查主任上门说亲的情况。

江组长把一包五香豆递给查主任。

野藕记

查主任说："一直吃你的东西，难为情的。"

江组长说："你是我儿子的大媒人，这门亲事做成功，我还要请你吃猪腿。"

查主任说："这是现成的亲事，不需要请我吃猪腿，但我喜糖是要吃的，这个我也是老实不客气。"

江组长说："这个五香豆蚕好吃的，收下吧。"

查主任说："那我老实收下了，拿回家给我男人当下酒菜。"

江组长说："你们夫妻很恩爱呀。"

查主任说："我和男人是表兄妹。"

江组长说："那是亲上加亲。"

查主任说："现在可不行了，《婚姻法》规定表兄妹是近亲，近亲不能结婚。"

江组长说："那你们生的小孩身体健康吧？"

查主任说："这个不能说了，说了就伤心，我们生了个女儿，从小不会走路，找到上海去看医生的，医生说是先天性软骨病，是胎里毛病，花多少钱也看不好这种毛病。"

江组长说："这就是近亲结婚的危害。"

这时钱书记走了进来，他就是想问问查主任到阿兰家说亲的情况。他看到了江组长，很惊诧地说："江组长，你这么早就来了啊，怎么不到我办公室喝茶？"

江组长说："我想先找查主任了解一些情况，然后找你喝茶去。"

钱书记说："我找查主任，就是想了解一下贵公子说亲的情况。"

江组长说："谢谢钱书记的关心。"

查主任说："昨天夜里我特地去了一趟大力气家，见到了大力气夫妻，我对他们说，江组长的公子是司机，肯吃苦，是一个朝气蓬勃的年轻人，你女儿嫁给他，就是荣华富贵。"

江组长笑道："我们是领导干部，可不能说荣华富贵，应该保持劳动人民艰苦朴素的品质。"

查主任说："对，我用词不当，说明我阶级觉悟不高。"

江组长说："现在可不是开批评与自我批评会议，你不必检讨，我很想知道小姑娘是什么态度？"

查主任低头捡起地上一张糖纸说："昨晚小姑娘不在家，所以没见到她，这个小姑娘很听父母话的，所以父母亲叫她往东，她不会往西，再说你江组长是她的恩人，她是个明白人，我觉得，她嫁给你儿子，吃香喝辣，要啥有啥，真是让人十分羡慕。"

江组长说："没见到姑娘，这是遗憾，要不这样，今天夜里你再去她家一趟，麻烦你了。"

查主任表态，今夜一定去，一定要见到阿兰姑娘。

野藕记

有东西从阿兰手中滑落，是一只算盘，那算盘摔到地上粉身碎骨。

"你怎么搞的，魂灵还在不在身上？"汤阿姐指责道。

"我不是故意的。"阿兰一边捡拾摔坏了的算盘，一边对汤阿姐说。

"这一把算盘 11 块钱，我叫会计扣你的工资。"汤阿姐说，她余怒未消。

这时，江天强走了过来，他看见地上一地的算盘珠子，明白是怎么一回事。于是，他对汤阿姐说："汤阿姐，算了，我们这个生产资料部那么大，还要与员工计较一把算盘，也太小家子气了吧。"

汤阿姐瞪了他一眼，说："你不了解情况，没有发言权。"

江天强说："我怎么没了解情况，阿兰摔坏了算盘，你想让她赔，你说对不对？"

汤阿姐说："被你说对了，但损坏公家财物要赔，这个是规章制度，所以这个算盘她必须赔。"

江天强说："如果真要阿兰赔，你就扣在我的工资上吧。"

阿兰原来以为江天强是花花公子，没想到他还是一个富有正义感的青年人，她不禁为自己以前对他的片面认识感到内疚。她说："不要你赔，是我摔坏的算盘，那得我自己来赔。"

汤阿姐还是很给江天强面子的，她对阿兰说："既然天强为你说话，这事也就算了，以后做事用心点，不要再摔坏公共财物，如果再出现这样的情况，那一定要照价赔偿。"

江天强说："谢谢汤阿姐。"

阿兰说："谢谢汤主任。"

汤阿姐对阿兰说："你干活去吧。"

阿兰"嗯"一声干活去了。

汤阿姐对江天强说："你怎么为她说话？"

江天强说："她不是我的女朋友吗？"

汤阿姐说："那你们谈得怎么样？"

江天强说："到目前为止还没有单独谈过，只是我爸一直在为这个事操心。"

汤阿姐说："我担心你谈了恋爱会不理我了。"

江天强看看四周没人扑过去抱住她，说："我最喜欢你。"

汤阿姐挣扎起来说："你作死哉，光天化日你也敢抱我，快放开我！"

江天强像触电似的，一把推开她，说："我太冲动了。"

汤阿姐轻声地说："今晚你有空吗？你有空就来我家。"

野藕记

江天强说："你不是不让我上你家，怎么今天叫我上你家呢？"

"哎哟，这几天我婆婆去上海她小女儿家了，就我一个人在家，所以来我家没事，我问你来不来？"

"我来。"江天强回答得十分爽快。

当天夜里8时，江天强肩挎一只黄色书包，书包里装了几包奶油糖之类的小吃前往汤阿姐家。汤阿姐家住在供销社一幢70年代初建造的居民楼三楼。之前，江天强去过她的家，所以他认得那地方。

在上楼梯时，他遇到了一位中年女人走下来，她问："你找谁？"

江天强不知道她是谁，就随口说了一句："我找汤主任。"

那中年女人说："这里没有汤主任。"

江天强说："她是生产资料部主任，我是员工，给她送东西。"

那中年女人说："呵，我想起她来了，原来她是生产资料部主任啊，平常我倒是没有看出来，我以为她是一个单位的财务会计，真的人不可貌相。"

江天强说："你是？"

那中年女人说："我是住楼下的，刚才到楼上串门。"

江天强说："原来你和汤主任是邻居。"

那中年女人说："我们是老邻居了，平常关系还是蛮好的。"又说："我男人在等我回家，不与你讲话了，你快去楼上吧。"

江天强说："好的。"

那女人便匆匆下楼了。

江天强则继续向楼上走去。

他心跳得厉害，幸好自己脑子灵活，总算把那个中年女人打发走了。

他来到了三楼，原来她家的门已开着，留着一条缝隙……只见里面灯光很暗淡，他轻轻地叫道："汤阿姐，我是天强，我来了。"

她只是一闪就来到了他的面前。

她一伸手，将他一把拉到了屋里，然后轻轻地关上门。

江天强说："你在等我吗？"

汤阿姐说："我每时每刻都在等你来。"

江天强说："刚才我在楼梯上遇到一个女人，她盘问我找谁，我就如实对她说找汤主任，她说这个楼没有汤主任，哎，这个女人让我笑死了，却又不敢笑。"

野藕记

汤阿姐说："她是谁呢？"

江天强说："她说她住在这幢楼房一楼。"

汤阿姐说："我知道她是谁了，我告诉你，这个女人和我们楼上的光棍好上的，整个楼都知道她与光棍的事，我觉得偷情这种事不被人发觉很好的，被人都知道就丢人现眼了。"

江天强说："我看这个女人蛮稳重的，怎么还偷人？"

汤阿姐一把抱住他说："哎哟，她还年轻，她老公无能，她偷情这不是很正常吗？"

江天强说："可是……被别人都知道了，这个就没有意思了。"

汤阿姐说："我也是这么想的。"

❀◦◦◦◦◦◦◦◦◦◦◦◦◦◦❀◦◦◦◦◦◦◦◦◦◦◦◦◦◦❀

那天吃过晚饭，查主任又来到了阿兰家，这回她终于见到了阿兰。阿兰一家人刚吃好晚饭，新嫂嫂在收拾桌子，大力气与阿兰坐在桌子边上说着什么。

大力气和新嫂嫂看见查主任来，都招呼她坐，新嫂嫂忙着到厨房倒了一碗白开水，她说："查主任，茶叶都吃光了，喝一碗白开水吧。"

查主任说："我刚喝了两碗粥，不渴。"

而阿兰看见查主任来，只是笑了一笑，便向里屋走去。大力气眼疾手快，连忙起身挡在她的面前，对她说："你坐下来，查主任就是来找你的。"

　　阿兰还是要往屋子里走，因为她想查主任来无非就是给自己说亲，而她心向石头，怎么可以"移情别恋"呢？但是大力气像一尊门神挡住了她的路。

　　她呆呆地站立着。

　　查主任拉她坐下，说："我是受上级领导委托才来找你的，所以有几个问题想问问你。"

　　阿兰说："我不想说话。"

　　查主任说："你是难为情吧。"

　　阿兰说："不是。"

　　查主任对大力气说："大力气，这样吧，我和阿兰到里屋说会儿话，我要做做阿兰的思想工作。"

　　大力气说："她还是小孩子脾气，哪里不对，你要毫不客气地指出。"

　　查主任说："我做妇女主任十几年，老实说做妇女同志思想工作还是可以的。"

　　大力气说："那你们到里屋去吧。"

　　查主任拉着阿兰的手进入里屋，屋子里没有凳子，所以两个人坐在床沿上，那个床铺低矮，是用几块木板搭起来的，

野藕记

她俩坐在上面有些吱吱呀呀的声音。

查主任说："你应该知道，我是给你做媒来的，是大队工作组江组长委托我来的，所以对我来说是一项工作，所以你得支持我的工作才行。"

阿兰说："我还小，不想谈恋爱。"其实，她和石头正在谈恋爱，因为父母亲的反对，所以她不能直接说我已有对象了。

查主任说："你已经不小了，我像你那么大，已经生了孩子，如果在解放前有的女孩子十三四岁就要结婚，就要生孩子。"

阿兰说："那是童养媳，早就被取缔了。"

查主任说："是的，是的，如今童养媳是不允许了。那是很毒害我们劳动妇女的，对此我也是深恶痛绝！"

阿兰"嗯"了一声，低头不说话了。

查主任说："小兰，你应该见过江组长的儿子吧。"

阿兰想，既然江组长委托你来说亲，我和江天强是同事，这么重要的事情江组长不会不说吧。所以，她如实说："我们是同事。"

查主任表示惊讶："啊，你们是同事，那真是缘分来了。你们关系很好吗？"

阿兰说："我和他不熟悉。"

查主任说："对了，我好像听江组长说，他儿子是司机。你想，年纪轻轻就会开车，感觉这个小伙子挺聪明能干的啊。"

阿兰说："也是凭他父亲的关系，不是他个人的本事。"

查主任说："哈哈，你说与他不熟悉，那你怎么知道他做司机是凭他父亲的关系呢？"

阿兰脸红到脖子粗，用现在流行的话，就是感觉"草率"了。她说："我听说的。"

查主任说："不管你是听说，还是怎么知道这个事情的，我都相信你。既然你和江组长的儿子是同事，你对他有好感吗？"

阿兰突然想到汤阿姐要她赔偿算盘之事，要不是江天强挺身而出，那她真的要受到这个处罚了，正因为此事，她对江天强不像以前那么反感了，觉得他为人还不错，也可以说一个有正义感的青年人吧。

查主任见她没有回答，又问道："你对他有好感吗？"

阿兰说："我可没有对他有什么了解。"

查主任说："那么第一感觉呢？"

野藕记

阿兰说："这个不要问了吧，我刚去上班，心里只想领导对我看法好点儿，我工作表现好点儿，其他问题我想都不想。"

查主任说："我对你说，第一感觉这东西不需要相处太久得出结论，而是初次见面的一种感觉，比如我见到你，我也有第一感觉，你知道是什么吗？"

阿兰说："不知道。"她抬头看着查主任的眼睛，很快她的眼睛就移到了别处。

查主任说："我看你第一眼就感觉，你是一位有主见的姑娘，不像是'见花篮，买花篮'的姑娘。"

阿兰不明白"见花篮，买花篮"是什么意思，便问"见花篮，买花篮"是什么意思？

查主任说："这是我们苏州一句土话，表示一个人看见一样东西，就要买这样一件东西，表示一个人做事的意志力不行。"

阿兰说："不好意思，我不是这样的人。"

查主任说："是啊，你不是这样的人。"

阿兰说："你说对了，这么说吧，我对爱情就是反对'见花篮，买花篮'，我就是看不起这种见异思迁的人。"

查主任说："你的想法是对的，不过话又说回来，姜还是老的辣，我看作为年轻人听听父母亲的话终究不会有错。"

这时，新嫂嫂来到了里屋，她手里拿着一个盘子，盘子里装着一些花生，她说："查主任，我刚炒了长生果（花生），请你吃长生果。"

查主任说："长生果肉香，呒不铜钱僵。你哪里来的长生果呀？"

新嫂嫂说："我偷偷在自留地上种了一小块长生果，还好没被生产队长发现，如果被他发现那这些长生果肯定会被他连根拔除。"

查主任说："新嫂嫂，往后你在自留地种长生果，队长不会拔除了。"

新嫂嫂说："为啥呢？"

查主任说："以后你家就有江组长这把大雨伞挡着哩。"

新嫂嫂说："说的也是。不过，现在就要看女儿的态度了。"

阿兰说："看我的态度做啥呀，我年纪还小，不谈（恋爱）。"这回，她说得十分干脆。

新嫂嫂对查主任说："你看，这小东西就是这样顶撞，我先出去，你们好好聊。"说完，她转身走出了里屋。她走到门

野藕记

外，气愤地对大力气说："你女儿不会答应这门亲事的。"

大力气说："她说一个不字，我抢她耳光。"

新嫂嫂说："你打人可使不得，打得不巧，面孔会瘫的，叫什么面瘫。"

大力气说："哪会真打呀，只是想吓唬她一下。"

新嫂嫂说："如果没有小石头掺和，女儿是不会这样的。"

大力气说："是啊，石头这小子坏事，找机会我要修理他。"

新嫂嫂说："你怎么修理他？"

大力气说："我得警告他，如果和阿兰走近，就打断他的腿。"

新嫂嫂说："这可使不得，你这是犯法。"

大力气说："那我也想不出其他办法。"

新嫂嫂说："还得找女儿说话，坚决要求她不要与石头走近。"

大力气说："对，接下来不能与女儿好说好话了，一定要板着脸与她说话。这小孩太不听大人话了，真的不听老人言，吃亏在眼前啊。"

这时，查主任从里屋走了出来。她对大力气和新嫂嫂说："我传话给阿兰了，如果同意与江组长的儿子谈恋爱，江组长答应给她找更好的工作，如果不答应很可能会失去现在的工作，还得回来种地。"

新嫂嫂听了她的话可急了，说："江组长真的说过这个话吗？"

查主任说："说过的。"

新嫂嫂说："呵，那我女儿怎么回答你的？"

查主任说："她说不想种地。"

查主任以为自己出面能够一杆子搞定这门亲事，却没想到阿兰"心不在焉"，形容"碰一鼻子灰"也不过分。而江组长对儿子这门亲事十分关心，心情十分迫切，他又来找查主任问情况了。

查主任说："我与小姑娘讲明了，如果你不答应这门亲事，那你这个饭碗可能不保，如果你答应这门亲事，还会安排更好的工作。"

江组长说："是这样的，因为嫁给我儿子，就是自己人了。那么，她是怎么一个态度呢？"

查主任说："我做了她两个多钟头的思想工作，她回答我，她不想种地。"

江组长说："不想种地，什么意思？"

野藕记

查主任说:"她的意思是不想放弃眼前的工作,不想回到生产队劳动。"

江组长说:"呵,我明白了,就是说她会答应与我儿子谈恋爱。"

查主任说:"我想做做她的思想工作,叫她与你儿子处朋友,谈恋爱,我看问题不大。她说,她不喜欢'见花篮,买花篮',本质上讲这个姑娘是个感情专一的好姑娘。"

江组长说:"我就是看中她这一点。"

查主任笑道:"你说实话,你是不是看中她长得漂亮?"

江组长说:"当然,这是一个因素。我想,儿媳妇漂亮,生出来的孩子就漂亮。因为老话讲得好,'秧好稻好,娘好囡好。'想一想,真是这样的道理。"

查主任说:"你谋略好。"

江组长说:"人生在于选择,毕竟儿子年纪轻,眼光不会好到哪里,所以我们做父母亲的一定要为他把好关,为他选择到最美的媳妇,有了美丽的媳妇,才有美丽的孙子孙女。"

查主任说:"我倒是有一个这主意可以试试。"

江组长来了兴趣,靠近她说:"你有什么主意?"

查主任说:"你不是说,你儿子和这姑娘都在生产资料部工作吗?你不妨可以找生产资料部头头出面,让他牵这一根红线,估计比我说亲还有说服力,因为这两个年轻人,我的话可以不听，但他们的直接领导这个话能不听吗？"

江组长接过话茬说："生产资料部头头是个女的。"

查主任站立起来说："女的更好说话了，让她找阿兰谈话，如果阿兰说不，那就直接对她说你可以卷起铺盖走人了。"

江组长说："没错，我是可以走这一步棋。"

江组长对江天强说："我想这几天再去找你们生产资料部那个女主任谈谈，请她出面找那个姑娘给你牵一根红线。"

江天强一听此话就表示反对，他脖子一缩说："上次你已经找过汤阿姐了，再找她不好。其实，这个事情不用她出面，只要给我时间，我自己会把这一件事情搞定。"

江组长说："听你的口气，这门亲事十拿九稳了。"

江天强说："可以这么说，只是现在她刚来生产资料部，我如果就去追求她，把她吓着了，这事就没戏了，所以心急吃不了热粥。"

江组长说："你自己去追求她，那是最好的，你可以对她讲，只要她答应这门亲事，马上调她到供销社副食品商店做会计。"

野藕记

江天强说："她能做会计吗？"

江组长说："做个现金出纳，小学文化就够了，她是初中生，应该能做的。"

江天强说："那做副食品商店会计比生产资料部营业员强多了。"

江组长说："我和县供销社主任是朋友，以后可以让她做一个部门领导。"

江天强说："好，我找机会转告她。"

江组长说："这个姑娘为人不错的，你就好好追求她吧。你要相信父亲的眼光。"

只是江天强也有难言之隐。自从汤阿姐知道阿兰是江天强潜在的女朋友后，她心里像打翻醋油瓶子，很不是滋味，便把阿兰视作眼中钉、肉中刺。

这天，系牢在外河的一根大木头不见了，这一根大木头有两个立方米，价值好几百元，本来用麻绳将这一根大木头系在岸上铁桩上的，不知什么原因，麻绳还在，而那一根大木头不见了。

于是，汤阿姐派船在附近寻找，也没有发现这一根大木头。

汤阿姐责问阿兰："这大木头是你保管的，现在丢失了，你说怎么办？"

阿兰说："大木头放在河里，我不知道会丢失的呀。"

汤阿姐说："如果找不回这一根大木头，算下来多少钱，资料部承担一半钱，还有一半钱你要拿出来。"

阿兰说："我又没拿，怎么要我拿一半钱出来呢？我也拿不出那么多钱。"

汤阿姐说："你拿不出那么多钱，我也有办法，你留在这里工作，以后扣你每月的工资，哪天扣光了，哪天就算完事。"

阿兰几乎要哭了，说："你怎么可以这样做呢？你这不是欺负人吗？"

汤阿姐挺了挺上半身说："我是生产资料部负责人，我有权这样做，你难道不服气吗？"

阿兰被汤阿姐训斥的事传到了江天强的耳朵里，江天强竟然为阿兰打抱不平。他对汤阿姐说："大木头放在河里，这本账不能算在阿兰一个人头上。"

汤阿姐说："不算她头上，算在我头上吗？"

江天强说："是应该算在你头上。"

汤阿姐说："为啥要算在我头上？"

野藕记

江天强说："因为你是生产资料部的头。"

汤阿姐看看四周无人，对江天强说："都说手臂朝里弯，你这是吃里爬外。"

江天强说："我是看不过去才说的。"

汤阿姐说："这事你不要管，我要她赔偿的话已经说了，如果推翻叫我以后怎么管理其他人呢？"

江天强说："但要有错必纠。"

汤阿姐说："这么说，你真的爱上她了。"

江天强说："我父亲非要我娶她，我也没有办法。"

汤阿姐说："如果你娶了她，还会爱我吗？"

江天强说："我说过的，我和你也要爱到天荒地老。"

汤阿姐说："你说什么傻话！"

江天强说："我是发自内心说的话，还有你不要处罚阿兰，就看在她是我女朋友的面子上就放过她吧。"

汤阿姐说："这个可不行，集体的财产损失了，上面要追究责任，如果我不处罚她，也没办法向上级交代啊！"

江天强说："那这事难办了，估计阿兰身边一时也拿不出这么多赔偿款。"

汤阿姐说："我看这样吧，我借你一只机挂船，你再到附近河面寻找，如果找到那一个大木头，那就皆大欢喜了。"

江天强说："这是一个好办法，那我就去河面上寻找。"

汤阿姐话虽如此，她看在江天强面子上，也不是刻意要处罚阿兰。所以，第二天，她对阿兰说："江天强开机挂船寻木头，你一块去，看能不能找到它？"

阿兰心想，江天强是汽车司机，他会开机挂船吗？她来到河边，看见机挂船已经发响了，江天强正在船上等她。他看见阿兰，连忙跑到船头，对她说："上船，看准脚底，当心点。"

阿兰自是农村姑娘，对船上生活也是习以为常，所以她轻松一跃就到船上了。

江天强见此说："你上船像小鸟轻盈如飞。"

阿兰一笑，说："谢谢！"

江天强跳到岸上，解开船缆绳，他也像小鸟一样跳到了船上。

机挂船离岸了

阿兰说："原来你会开机挂船啊。"

江天强得意地说："我还会开飞机呐。"

他大笑，她也笑了……

江天强在开机挂船，因为在寻找丢失的一根大木头，所

野藕记

以机挂船开的速度并不快。而阿兰站在船头上，她全神贯注地看着河面，希望有奇迹出现，希望那一根大木头被找到。

"阿兰，你到我这边来。"江天强叫道。

虽说机头的声音很响，但阿兰的耳朵很尖，她还是听到了他的话。

阿兰向船梢走去。

江天强说："站着很累吧，你坐。"说完，他把自己坐的一只方凳腾出来，让给阿兰坐。

"我不坐。"阿兰说，她把方凳还给他。

"我站着开机挂船看得远。"江天强说，他硬是要阿兰坐。

该怎么办？坐还是不坐？阿兰内心有些纠结。最后，她还是拿过方凳坐了。她说："谢谢你开机挂船帮助我寻找大木头。"

江天强说："不用谢，如果能够找到大木头就好了。"

阿兰说："是啊，昨晚我失眠了。"

江天强说："你不用急，我对汤阿姐说了，丢失大木头不全是你的责任，现在她要你一个人赔偿大木头，这是不对的，或许可能找不到大木头也不会让你一个人赔偿了。"

阿兰说："现在我发现你人蛮好的。"

江天强一笑，说："你发现我有哪里好呀？"

阿兰说："上次我摔坏算盘，你为我说话。"

105

江天强说："还有呢？"

阿兰说："今天你开机挂船为我寻找大木头。"

江天强说："还有呢？"

"不知道了……"阿兰撩起头发，这才发现头发上有一只小虫，她没有大叫，只是把那一只小虫丢在船板上，给了这一只小虫一条活路。

这个细节被江天强看在眼里，他说："你怎么放走小虫？"

阿兰说："小虫也是一条生命。"

江天强说："你心地善良。"

阿兰说："我祖母信佛，她从小教育我要善待众生，要爱护小人物。"

"你祖母高寿啊！"

"在我10岁时，她死了。"

"原来是这样啊，我本想有机会跟你去看望老人。"江天强说。

"你跟我……那别人以为你是我男朋友呢。"阿兰说。

"我就是想做你的男朋友。"江天强说，此时他将油门拉起来了，机挂船比原来的速度快了许多……

机挂船无目的地在河里转来转去，可是那一根大木头还没有出现。

野藕记

阿兰很失望。

江天强说："今天还早，大河里找了，我们再到小河里找。"

⊙ • • ⊙ • • ⊙ • • ⊙ • • ❀ • • ⊙ • • ⊙ • • ⊙ • • ⊙

收听那个广播电台播报天气预报，说下午阴转多云，但下午3时突然多云转雨了，而机挂船上没有雨衣，所以江天强将机挂船开到一座水泥拱桥底下。

那水泥拱桥就像一把大大的雨伞，让机挂船不被雨水淋到。

江天强和阿兰两个人第一次面对面坐在船梢上。

江天强说："下雨天留客天留我不留，你记得这一句话吗？"

阿兰说："读书时老师好像说过，但我忘记了。"

江天强说："这句话标点符号点到哪里，意思就大不一样了。"

阿兰有点好奇，说："你说说呢。"

江天强说："船上没有笔，有笔就讲得清楚，没笔讲不太清楚。"

阿兰说："随便说。"

江天强说："有好几个意思，比如：下雨，天留客，天留，我不留。"

　　阿兰说："还有呢？"

　　江天强说："下雨天留客，天留我不？留。"又说："还有其他的说法，可见标点符号也是很重要的。"

　　"没想到，你语文水平还这样好，你真有水平，而我都把老师教我的知识还给他们了。"阿兰说。

　　"你很会说话。"江天强说。

　　"我哪里会说话呀？"阿兰说。

　　江天强朝她笑笑说："现在我越来越喜欢你了。"

　　阿兰扭过头。她突然看见不远处河面上有两只野鸭，她指着野鸭说："你看，那里有两只野鸭。"江天强也看见了，两只野鸭在水面上游荡。

　　此时，雨仍在淅淅沥沥下着。

　　阿兰说："这野鸭来自哪里？"

　　江天强说："应该是从阳澄湖游过来的，因为这里的大河小河都连着阳澄湖。"

　　阿兰说："我还不知道阳澄湖在哪里？"

　　江天强说："阳澄湖不远，以后有机会我带你去看阳澄湖，可以在阳澄湖的芦苇荡里捡拾野鸭蛋。"

　　阿兰说："真有野鸭蛋吗？"

野藕记

江天强说："有的，很早时候，我爸就带我去阳澄湖捡拾过野鸭蛋。"

正当两人谈兴正浓时，又有一只机挂船来到了水泥拱桥底下。无巧不成书，来人就是副队长。副队长见是阿兰，很奇怪地问："你怎么会在这里？"

阿兰说："我们单位丢失一根大木头，我和同事开船出来寻找。"

副队长说："你不是做营业员吗？怎么要你出来寻找大木头呢？"

阿兰吸了一口气，瞪大了眼，感觉千言万语也讲不清此事的来龙去脉了……哎，肯定副队长要误会自己了……

◉ • • ◉ • • ◉ • • ◉ • • ◉ • • ❁ • • ◉ • • ◉ • • ◉ • • ◉ • • ◉

听着副队长和阿兰的对话，江天强内心却是十分的欢喜，因为他很想让很多人知道，他江某人与阿兰谈恋爱了，他俩是一对正在热恋的人儿。

副队长抓抓脑袋，说："我等着喝你的喜酒。"

阿兰说："我年纪还小。"

副队长说："我听你父亲讲，你与江组长的儿子在恋爱，现在俩个人感情发展得还好吧。"显然，副队长并不认识江天

109

强，如果他知道船上坐的就是江天强，他应该不会发问的吧。

阿兰看看江天强，不知道如何回答副队长。

副队长接着说："江组长工作能力强，我看他今后会当公社党委书记，到时你就是公社党委书记的儿媳妇。我想想，你的日子全大队群众没有一个不羡慕你的，如果我遇到困难，要找大队和公社，我就去找你，你应该不会拒绝我的吧。"

江天强插嘴道："不拒绝。"

副队长说："你说得对，我就要你这三个字，不过这三个字如果是阿兰说就更好了。"

阿兰对江天强说："你不要瞎说。"

又对副队长说："你不要听他瞎说。"

江天强说："都是大队群众，如果有困难，作为公社领导能够袖手旁观吗？如果我做公社领导，我是会想办法为社员群众解决各种生活困难。"

副队长说："你这个小伙子政治觉悟高，做干部不为民做主，还不如到我们生产队来养猪。"

江天强接过话茬说："有道是，当官不为民做主，不如回家卖红薯。"

副队长说："你是有文化的青年，希望寄托在你们年轻人的身上。"

这时，副队长的船上有个男社员站在船头解手，当然是

110

野藕记

背转着身子，没有朝江天强这一只船的方向。见此，江天强才与副队长停止了交谈，而阿兰转过身子。江天强耸耸肩，轻轻地对阿兰说："这种人素质都没有。"他指的是那个解手的男社员。

阿兰说："粗俗。"

江天强皱起鼻子，说："不是人，简直是一只癞皮猪。"

但见那一只船上，副队长也在骂他："你年纪一把，当众小便，真是年纪活在狗身上。"

过了十几分钟，雨不下了，副队长的那一只机挂船开走了。而江天强的机挂船开往小河里，不知道小河里能不能把那一根大木头找到？

江天强问道："你要不要上厕所？"

阿兰说："这里哪里有厕所。"

江天强说："我将机挂船靠岸，那毛草地遍地都是厕所啊！"

阿兰说："我不要。"

阿兰第一次和江天强在一只船上，她的心情还是非常感激江天强的，因为他开机挂船帮助她寻找丢失的那一根大木

头。可是，寻找了半天，外河附近都寻找了，还是没有寻找到它。

阿兰说："那一根大木头那么重，会不会沉在河底呢？"

江天强说："木头比重比水轻，一直浮在水面。"

阿兰说："那么我看见过河底也有木头的，那又是怎么回事呢？"

江天强说："那我就不懂了。"

虽说江天强没有回答出这个问题，但阿兰对他的表现还是满意的，她感觉到他不是一个不懂装懂的人。

那一只机挂船在小河里行驶，即使机挂船开得不快，但它还是涌起了浪花，那些浪花拍打着河岸，把河面上正在游荡的一群鸭子惊吓得乱飞。有一条鲤鱼竟然跳到了船舱里，阿兰惊诧得大叫。

江天强说："鲤鱼跳龙门，好事来了。"

阿兰说："有什么好事呀？"

江天强说："好歹我父亲把你弄到生产资料部，他非得让我追你，我想从今天开始你不会躲避我了，你说是不是？"

阿兰说："你也太会联想了，我把这一条鲤鱼放生。"

江天强说："不要考虑放生，不过，你放生，我也不反对。"

阿兰说："你说的话，我听不懂。"

野藕记

江天强说："我不是说鲤鱼跳龙门好事来了吗？如果你放生，这个好事就会成真，信不信由你，反正我是相信的。"

阿兰想这个所谓的好事就是她答应嫁给他，那自己把鲤鱼放生，这个好事就会梦想成真，那可不行。于是，她吞吞吐吐地说，那就不要放生了。

江天强见她不把鲤鱼放生了，便得意起来了，说："你真好，是个听话的好姑娘，但刚才我的话是逗你玩的，你还是把鲤鱼放生吧，因为我家从来不吃鲤鱼。"

阿兰说："那你家为什么不吃鲤鱼呢？"

江天强说："鲤鱼肚皮好大，肚皮里都是鱼籽，那是多少条小鱼啊，所以鲤鱼吃不得，不能吃。"

阿兰说："我觉得你说的话有道理，那我把这一条鲤鱼放生了呵。"说完，她走到船舱里，捉住那一条鲤鱼放入了水中，那鲤鱼在水中翻了一个身，很快不见了。

江天强说："阿兰，你和我谈恋爱吧，你的善良感动我，我也会以实际行动爱你的！"

阿兰犹豫了一下，吐出8个字："我不能和你谈恋爱。"

江天强这么说，鲤鱼放生会有好事发生。

这话果然灵验。

真的一件大好事出现了。

你说，这一件大好事是阿兰同意与江天强谈恋爱吧。不不不，阿兰的心上人是石头，石头在她的心里就是千斤石头一样重呵，她不会移情别恋。

那么，又是什么大好事呢？

你说，那一根大木头出现了。对对对，那一根大木头真的找到了，它就漂浮在小河一个死浜里。当时，机挂船开到这个死浜时，一群鸭子都躲在那个大木头上，当机挂船一到那里，那群鸭子都四散游走了。

江天强大叫："大木头在那儿。"

阿兰也看到了那个大木头，她也在船上高兴得手舞足蹈。

江天强从船艄跳到船头，一把抱起来了她，他想亲吻她。她的手死命地推开他，说："不要啊，不要，岸上有人在看。"

岸上有人？听到这四个字，江天强吓得脖子都缩了回去，他放开了她。然后，他朝岸上看去，岸上没有一个人。但他显然头脑冷静下来了，他没有继续拥抱她。

最后，江天强对阿兰说："我太高兴了，刚才有点失态，请你原谅。"

阿兰的脸还通红通红的，她说："过去就算了。"

江天强说："好吧，等以后我们确定恋爱关系，让我抱

114

野藕记

你吧。"

阿兰说:"你别这么说,我俩不可能的。"

江天强心想,你若不答应我的求婚,我就不想办法把这一根大木头拖回去。但这样的话,他终究没有说出口。他双手一摊说,船上没绳子,这一根大木头怎么拖回去呢?

阿兰说:"我也不知道怎么办?"

江天强用机挂船上的竹竿撑了一下那一根大木头,说:"估计有几吨重,我的这个机挂船不一定能够拖动它,如果能拖动它,那大木头上也要站立一个人用竹竿撑,这样可以保证大木头在拖的时候不横七竖八。"

阿兰说:"你年纪轻轻,怎么懂得那么多呢?"

江天强说:"从小我父亲就带着我往乡下走,还有往渔业大队跑,让我见识很多东西,也学到许多谋生本事。"

阿兰说:"呵,听你这一席话,我就感觉你会想出一个好办法的,我现在相信你!"

江天强看着漂浮在死浜的大木头,说:"要么这样吧,我开机挂船回去,让大家想想办法,你呢就蹲在这里的岸上,看好这一根木头不要被风吹走了。"

阿兰连连点头,说:"你说得对,我听你的话!"

115

江天强开机挂船走了，阿兰坐在岸边，因为大木头失而复得，这令她的心情非常舒适，自然她对江天强也是由衷的感激，只是当江天强欲亲吻她时，她予以拒绝。

　　说来奇怪，即使江天强如此粗鲁对待她，这回阿兰却也没有刻意讨厌他。

　　有个中年妇女出现在她的附近，她拿着镰刀在割青草。

　　阿兰望着河面，像一尊雕塑。

　　中年妇女以为她想不开，所以走到她跟前说："姑娘，你到这个荒草地不会是想不开吧。"

　　阿兰一惊，回过神来，说："我没有想不开。"

　　中年妇女说："那你一个人在这里做啥？"

　　阿兰站起身子，指着河里的大木头说："我在这里看这个大木头。"

　　中年妇女的眼睛盯着大木头看了一会儿，说："哎哟，这个木头昨日就在的，我以为是一只沉船的底呀。"

　　阿兰说："是一根大木头，是我们生产资料部的，不知道它怎么飘到这里来了。"

　　中年妇女说："姑娘，那这个木头你怎么弄走呢？"

野藕记

阿兰说："等会儿，会来机挂船拖走的。"

中年妇女说："姑娘，我的男人和儿子都是木匠，你就把这一根木头让他们父子来弄走吧，儿子要讨老婆，正好可以做家具，当然我不会白要这一根木头，这样吧，这一根木头多少钱，我分一半钱给你。"

阿兰没想到这个中年妇女会有这样的想法，她当然不会接受。她说："这不行，这一根木头是集体财产，如果占为私有，那就是贪污集体财产了，这一根木头价格不小，很可能要吃官司。"

中年妇女说："姑娘，我的意思是你睁一只眼，闭一只眼，你就当没有看见。"

阿兰说："你不用动这种脑筋，这一根木头是集体财产，怎么可以占为私有？"

中年妇女说："姑娘，这一根木头是飘浮在河里的，又没有上面写是集体的财产。"

阿兰不再与她说话，一个人缓缓地向河边走去。

大约一个小时后，江天强开着机挂船又来了，汤阿姐带着五位男工也来了，还带来了两根长长的钢丝索。那五位男工都是搬运木头的熟练工人，只见他们在那一根大木头上打上了几只铁铆钉，那两根钢丝索就系在铁铆钉上，然后将两根钢丝索套在机挂船艄上。

117

当机挂船开动了，那一根大木头也跟着动了，只是机挂船的速度比摇船的速度还要慢许多……

因为机挂船要拖大木头，所以开机挂船责任重大。于是，汤阿姐叫老机手开机挂船了。

汤阿姐对江天强和阿兰说："船上人多了，我们三个人走回去吧。"

三个人走在乡间小道上，走了一二百米远，汤阿姐对阿兰说："你可以沿着这一条路先回去，我和小江绕到河边去看看机挂船拖木头到哪里了。"

阿兰说："我不认识回去的路。"

汤阿姐说："我不是对你说了吗，你沿着这一条小路一直往前走，如果不行就找别人问个信。"

阿兰说："好吧。"

她就往前走。走了几步，她却转身往回走，走到汤阿姐面前说："汤阿姐，这一根大木头找着了，你不会让我赔偿了吧。"

汤阿姐说："大木头找着了，还要你赔个头。"

阿兰说："你这样说，我就放心了。"

野藕记

她转身走了。

汤阿姐看看阿兰远去的背影说："算她运气还不错，大木头找着了，如果找不着，真的就要让她赔。"

江天强说："你让她赔也是蛮不讲理。"

汤阿姐说："不让她赔，上级就要让我赔偿，你讲蛮不讲理的不是我，而是我的上级。"

江天强说："我担心以后还会有木头放置在河里，万一又丢失了，还会找阿兰赔偿吗？"

汤阿姐说："应该是的。"

江天强说："那可不行。"

汤阿姐说："怎么不行？"

江天强说："她要做我的女朋友，让她赔，不就是让我赔吗？"

汤阿姐说："如果她哪一天嫁给你了，我就不会让她赔，你说好不好？"

江天强说："这还差不多。"

两个人拉着手向河边走去，汤阿姐说："前面有一个草棚，看里面有没有人？"

江天强知道她想做什么，说："你站在这里，我一个人过去看看。"说完，他一溜小跑向草棚奔跑过去，很快就回来了。江天强说："草棚里没人。"

119

"好，我们过去。"汤阿姐手一挥说。

但见草棚里空堂堂的，什么东西也没有，两个人当即抱在一起。江天强说："床也没有，怎么玩？"

汤阿姐说："我有办法……"

至于他俩怎么的一个玩法，我也不知道，反过来讲，即使我知道，也不能写出来，因为即使写出来，也很可能发不出来，你说对不对？

汤阿姐一边整理衣服，一边对江天强说："你先走，被别人看见不好。"

所以，江天强张头探脑先走出了草棚……

野藕记

第三章　是是非非

那一只机挂船拖了大木头都回来了，可是汤阿姐和江天强还没有回来。过了十几分钟，汤阿姐和江天强才回来了。有人发现汤阿姐衣裳上都是灰尘，便说："你身上怎么都是灰尘呀？"

汤阿姐说："啊，哪里有？"

说完，她跑到自己办公室，脱下外套，果然看见衣裳后背都是灰尘。她想，这是钻进草棚粘到的灰尘，想一想江天强衣裳上也应该有灰尘吧。

汤阿姐整理好自己的衣裳，便去寻找江天强。她走出门就看见江天强，仔细一看江天强衣裳上也粘上了很多灰尘。汤阿姐对他说："你衣裳上都是灰尘，你自己去照照镜子。"

江天强便跑进汤阿姐的办公室照镜子，接着他苦笑说："肯定是草棚里粘到的。"

汤阿姐说："你说话声音轻点，现在你没有什么事情，你可以回家去换衣服。"

121

江天强说："以后这种草棚打死我也不去了。"

汤阿姐说："还是夜里你来我家比较好。"

江天强说："你家也不是很好，楼下那个女人可能对我起疑心了。"

汤阿姐说："那个女人自己找情人，还喜欢多管闲事，我也讨厌她。"顿了顿，她又说："你来我家也不好，万一被我婆婆撞见，那叫我怎么做人？"

江天强说："你不好做人，我更不好做人，到时我老婆都讨不着。"

汤阿姐说："事实确实如此，所以我俩要小心为妙。"

两个人在门口亲吻了一下，江天强便从办公室有模有样走了出来，他想阿兰肯定还在河边，于是他向河边走过去，果然阿兰在河边，一个人呆呆地看着那一根大木头发呆……

他走近阿兰，说："大木头寻到了，你应该高兴才是，怎么看上去你好像心事重重。"

阿兰说："我一点也高兴不起来。"

"这是为什么？"

阿兰说："如果这个大木头丢了，还得找我赔偿，这个大木头又不是放在仓库里，如果少了，我可以赔偿，这个大木头放在河里的，它丢失了怎么要我赔偿呢？"

江天强说："你别听她的，我打听过了，以前我们生产资

野藕记

料部放在河里的木头也丢失过，但没有个人赔偿的，都是单位自己买单。"

阿兰说："这样比较公平，如果她真要这么做，我要求她给我调换工作，我这个营业员责任太重大了，真是压力山大，让我承受不起。"

江天强说："你答应做我女朋友，我什么事情都能搞定，你相信吗？"

阿兰说："我相信，但我不会做你的女朋友。"

石头经常会想起阿兰说过的话"我爱你，永远不变心"。所以，他始终相信，只要自己把房子造起来，阿兰的父母亲一定会回心转意，并且同意他俩结成一对夫妻。

但石头却见不到阿兰。

有几次，石头摸黑到阿兰家，只见她的屋子窗帘拉着，虽说屋子里有灯光，但无法确定屋子里的人是否是阿兰，主要是石头不敢敲打窗户，不敢呼叫阿兰的名字。

而每个夜里，大力气夫妻俩都把守着家门，阿兰想跨出家门半步都不行。

石头很想见阿兰，看来夜里是见不到她了，那么只好白天相见，那么只好到生产资料部去见她。江组长的公子对阿兰有意思，这个石头当然知道，但他相信阿兰，她轻易不会与自己分手，轻易不会与江天强相爱的。

"我胃痛，要去看医生。"上午一到筑石驳岸现场，石头就向工头请假。

"上午要装卸两船石头，你走了，叫谁装卸石头呢？"工头说。

"可是我胃痛，扛不动石头。"石头说。

"这样吧，上午你不要请假，吃过午饭同意你请假半天。"工头说。

石头想，只要你同意请假，下午就下午，所以他说："好的，那我吃过午饭就去医院。"为了让工头相信自己真的生病，他捧着胸口说："我这里疼痛，是不是胃病啊？"

工头说："我又不是医生，你下午找医生去看。不过，我告诉你，我们庄稼人十个人有九个人有胃病的，胃病又不是什么大毛病，不要当一回事。"

不管怎样，石头请假得到工头同意，他心里还是很高兴的，只是脸面上没有表现出来，他仍然阴沉着脸。吃饭的时候，烧饭的阿姨见他吃饭不多，便关心地问他："今天你饭怎么吃得很少啊？"

石头说："我要去看医生，这几天胃痛。"

野藕记

烧饭阿姨说："胃病要做胃镜，那可不能吃东西的呀。"

石头说："我没找医生看过，又不懂这个……但我胃痛得厉害，夜里都睡觉不着。"

烧饭阿姨说："那得找医生去看了。"

石头说："我现在就去看医生。"

烧饭阿姨默然点头，她到边上用抹布在抹桌子，而石头站立身子飞快地走出门外，他怕遇见工头，怕工头变卦，所以他只顾低头走了，他越走越快，最后在乡间小路上飞奔起来……

石头以前不止一次去过生产资料部，所以不用问路，他就找到了那个地方。为了不让阿兰感到突兀，所以他假装是到生产资料部买东西的，以免"打草惊蛇"。

他不知道阿兰在哪个柜台，所以他东张西望，这时正好汤阿姐看到他了，便问道："你买啥？"

要买啥，石头已经打好腹稿，所以他不假思索地说："我要造房子，要买木梁、砖头和石灰等很多东西。"

汤阿姐说："木梁、石灰，我们这里有，砖头你要到窑厂去买，我们这里没有砖头。"

石头说："是这样啊，那我知道了。"

汤阿姐说："具体你要买啥，我叫营业员与你谈。"

石头说："我今天只是来看看，今天没带钱。"

汤阿姐说："那你随便看，如果你想问价格行情，还是让营业员讲解吧，反正也不收你讲解费。"

石头想，这个营业员会不会就是阿兰呢？如果是她，她会不会无意拆穿他的"西洋镜"呢？这是他的担忧。但他为了见到阿兰，便豁出去了。

还好，汤阿姐去叫营业员了，所以即使这位营业员是阿兰，石头也不会出洋相。

果然是阿兰。

石头背对着她，歪对着头。直到阿兰走到身旁，他才转过身子，阿兰大惊失色："你怎么在这里？"

石头轻轻地说："小声点，刚才我对那个女的说是来买东西，没说来找你。"

阿兰点点头说："她是我们生产资料部主任，是这里的头头。"

石头说："看不出来，看她蛮平易近人的。"

又说："我们工地活很忙，本来上午就想来找你，但工头不同意，我想知道你在这里工作得好吗？"

阿兰说："工作还好，我主要负责卖一些生产资料，这个

野藕记

价格都是定好的，没有讨价还价，所以能够对付得了。"

石头说："现在你是跳出农门了，而我仍要'修地球'（种田），你会嫌弃我吗？"

阿兰眼圈有些红，她说："我这个营业员户口还在农村，我和你一样仍是'修地球'啊。"

石头说："你可以这么说，但我觉得你现在'高人一等'了。"

阿兰说："你可不能这么说，我还是以前的我，我想过，如果这里工作不好，说不定我还会回到生产队劳动，你觉得这个想法对不对？"

石头说："你要多想如何做好本职工作，而不要想着打退堂鼓。"

⊙·····⊙···⊙···⊙···⊙··❖··⊙···⊙···⊙···⊙···⊙·····⊙

石头拿出 20 元钱，对阿兰说："我来得匆忙，一样东西也没有买，这个钱你拿好。"

他也猜到阿兰不会要钱的。阿兰说："我现在工资应该比你多，你的工资钱到年底才拿得到，这钱你平时需要用的，你自己收好。"

石头说："这点钱代表我的心意。"

阿兰说："那你的心意，我收下了，这个钱你收好。"

石头硬要把钱塞到她口袋里，阿兰手捂着口袋说："别这样，被别人看见不好。"

阿兰这么说了，石头才住手，把钱放入了自己衣服的口袋里。

阿兰说："我们到河边说话去。"

她向外面走去，石头跟着她来到了河边。

她指着河里那一根大木头说："前几天，这一根大木头被风浪吹走了，领导要我赔偿木头钱，可把我急坏了。"

石头说："这个大木头放在河里，怎么要你赔偿呢？"

阿兰说："是啊，这个大木头自己被风吹走的，怎么要我赔偿呢，我一直想不通。"

石头关切地问："后来，你赔偿了吗？"

阿兰说："后来，不是找到那一根大木头了吗？所以，不用我赔偿了，我还算是一个幸运的人。"

到了河边，阿兰突然想到，江天强出车会不会回来呢？如果被他看见自己和石头在一起，他会不会上来盘三问四呢？到时恐怕自己有一百张嘴巴也讲不清楚。

所以，她欲催促石头早点走人，但她转念一想，石头难得来的，自己总不能赶走他吧。

石头看看河边没有其他人，他回想起几次夜晚到她家找

野藕记

她，那个窗户窗帘都拉得严严实实，所以不知道屋子里是不是你？石头说："好想你知道我来了，你开门拉我到屋子里啊，所以每次去找你，每次都是失望而走的。"

阿兰说："你知道，我父母亲就在门口拦着我，不给我出门啊。"

石头说："过几个月，我就把三间新房造起来，到时候我就叫媒人到你家提亲，到时我再求你父母亲高抬贵手，把你嫁给我。"

阿兰说："好，到时如果我父母亲不同意，我就与你私奔。"

石头说："是啊，现在我与你年纪还不大可以等待，所以，我不想长大。真的，我想只要树立信心，我相信这一天终究会来的！"

又说："今晚我请你看电影。"

阿兰说："那回家就晚了，这就等于讨骂，现在每天傍晚下班回家，倘若不回家吃晚饭，我父母亲肯定会全世界找我的，他们不达到目的誓不罢休。"

石头说："好吧。现在我们很少见面，你不会忘记我吧。"

阿兰说："你今天来看我，就是为了问我这个？"

石头见到阿兰后，有了一种直觉，阿兰的神情比原来有了些变化，好像对自己有点陌生了，没有原本亲切。但他转念一想，阿兰在单位上班，这样的约会能不分心吗？

石头刚走，江天强开车回来了。他一回来就找阿兰，说："今晚电影院放《庐山恋》，我请你看电影。"

阿兰说："我父母亲等我吃晚饭，如果晚回家要担心的呀。"

江天强说："这样吧，你坐我车子，我开车送你回家，你对父母亲请个假。"

阿兰说："叫我对父母亲怎么讲？"

江天强说："你就讲单位组织看电影，我想你父母亲应该会同意吧。"

阿兰想，石头想请我看电影，我当面拒绝了，现在江天强请我看电影，他的目的很明了，就是要找我谈恋爱，那可不行。人生选择很重要，这个第一步可不能走。所以，她说："我不去。"

江天强说："我有一件事情想告诉你，你若不去看电影，到时你后悔别来找我。"

野藕记

阿兰胆小怕事，她说："那你现在就告诉我。"

江天强说："只要你跟我去看电影，我保证把你这一件事处理好。"

阿兰说："你说什么事。"

江天强说："你答应去看电影，我就说，不然打碎我的牙罐头我也不会说。"

阿兰说："你告诉我，我才可以考虑去不去？"

江天强说："那我就说了。我告诉你一个内部消息，这回生产资料部要'精兵简政'，所以要退掉三个人，你知道会是谁吗？"

阿兰说："你说'精兵简政'，我怎么没有听说？"

江天强说："这是内部消息，等你知道就是公开的秘密了。"

阿兰说："你说的也是。"

江天强说："你想知道是哪三个人吗？"

阿兰说："想。"

江天强说："那这样吧，你跟我去看电影，我就对你说，不然我就不说了，因为一个人是要有原则性的，这是内部消息，我也要守口如瓶，只是感觉你是我爱的人，所以我要帮助你。"

阿兰说："听你口气，好像我是三个人之一，你说是不是？"

　　江天强没有说是，也没有说不是，这可把阿兰的胃口吊了起来，她开始担心自己会不会被"精兵简政"？如果那样自己就回到生产队种田，这不是丢人现眼吗？那未来的日子怎么过呀？

　　江天强说："我说最后一遍，你去不去看电影？"

　　真是鬼使神差，阿兰居然答应了江天强去看电影。下班后，江天强没有开卡车，而是骑摩托载着阿兰去看电影。阿兰一心想要知道"精兵简政"是哪三个人，江天强却是卖关子，他说："看电影时我对你说。"

　　阿兰说："我在里面吗？"

　　江天强说："现在我可以拍胸脯对你说，如果你在里面的话，我也可以否定它，总之不会让你走。"

　　阿兰说："你真有这个本事。"

　　江天强说："如果我没这个本事，那我就找我父亲，在这个小小的地方，没有我父亲搞不定的事。"

　　晚饭还得吃，不然饿肚皮看电影受不了。

　　江天强说："晚饭你想吃什么？"

野藕记

阿兰说："随便。"

江天强说："我们去大众饭店吃吧，那里吃饭不要我掏钱。"

阿兰说："谁开的饭店呀？"

江天强说："供销社开的，不过我的姑父是厨师，我经常去那里吃饭，从来不要我一分钱，而且鸡鸭鱼肉随便吃。"

阿兰说："我不想去那里。"

江天强说："你说个理由为什么不想去？"

阿兰说："这不是白吃白占吗？"

江天强说："你观念有问题，现在吃点占点是小事情，君不见有人给供销社领导送整箱的茅台酒，你知道一箱茅台酒，你们农民一年也挣不到。"

阿兰说："这个你怎么知道的？"

江天强说："我是司机，人家就用我的卡车给领导送这个茅台酒，就是送一整箱的，我算开眼界了。"

阿兰说："挺吓人的。"

江天强说："不吃白不吃，我们去大众饭店。"

他软硬兼施，把阿兰带到了大众饭店。

姑父看到阿兰，睁大了眼睛，对江天强说："天强啊，你眼光不错，这个姑娘标致。"

江天强说："她是我同事，我父亲比我先看中。"

姑父诧异："你父亲也看中她？"

江天强苦笑道："是我父亲觉得这个姑娘不错，他托人把她介绍给我，我们是这样认识的。"

姑父奇怪地笑了："这才对呀，对了，小强你们想吃点啥，我来准备。"

江天强问阿兰："你想吃啥呢？"

阿兰说："随便。"

江天强便对姑父说："有没有河虾？"

姑父说："你们要吃河虾，我现在就差人去买，很近的……"

江天强说："买大河虾，小河虾没有啥好吃的。"

姑父连连点头："好的，好的，你们等一会儿，我马上叫人去买大河虾。"

正当江天强和阿兰在吃晚饭的时候，江组长来了，但他并不晓得江天强和阿兰在此吃晚饭，他一进门就对姑父说："你给我准备一桌子菜，今天公社有个头头要来喝酒。"

姑父说："公社头头要来喝酒，你要早通知的，现在菜场都打烊，买不到菜了。"

野藕记

江组长说:"买不到肉,去渔船上多买点野生鱼和虾,渔船一天到晚不会打烊的吧。"

姑父说:"好的,我马上叫人去买菜。"

江组长眼力真的不错,他看见了江天强和阿兰在吃晚饭,他一阵欣喜,上前几步说:"天强,你请妹妹第一次吃饭应该上高档饭店,这种招待所一样的饭店档次太低了。"

江天强说:"我和阿兰随便吃点,就要去看电影。"

阿兰低头不语。

江组长想,既然阿兰愿意与江天强一块吃饭了,故这门亲事应该是稳妥了,所以他内心有一种说不出的欢喜,这也是他很期待的一件事情,继而他关切地说:"天强,看好电影后,你要送妹妹到家啊,不要让她一个人回家。"

江天强说:"我知道的。"

江组长说:"看见你俩一块吃饭,一块看电影,这真的是最让我最高兴的事,我希望你俩能够结成一对。"

阿兰知道他误会自己了,她想解释一番,她与江天强只是同事,看电影只是很偶然的一件事,与爱情无关。但她似乎没有勇气解释,一时张了张嘴巴也没有说出话来。

"好,你们俩慢慢吃,我有点事先走了。"江组长说。

等江组长走出吃饭的客厅,江天强问道:"我爸这个人怎样?"

"做事和说话干净利索。"

"还有呢？"

"对你比较关心。"

"你说得对，我爸就是对我关心，现在他对你也很关心。"

"他对我哪里关心呢？"

"你不是想知道生产资料部'精兵简政'辞退三个人吗？"

"我一直在等你告诉我。"

"我现在对你说，三个人你也在内。"

阿兰"啊"地叫了一声，她突然发觉旁边有人，连忙用手捂住自己的嘴巴。

江天强说："你不要激动，现在我对汤阿姐说了，已经把你从三个人的名单里划掉了，现在你是我的女朋友，没有人会动你的饭碗。"

现在阿兰总算明白了，她答应做江天强的女朋友，那么就能保住她的饭碗。她局促不安地说："你怎么可以这样趁人之危呢？"

看的电影是故事片《庐山恋》，女主角由张瑜饰演，男主角由郭凯敏饰演，讲述了这一对男女青年在庐山相恋的故事。

野藕记

看电影的时候，阿兰还是在惦记三个人辞退的事情，她还是在担心自己会被辞退。

阿兰说："嗯……你能确定我不会被'精兵简政'吗？"

江天强说："我可以拍胸脯保证，你不会的。"他一边说，一边一只手放在她的大腿上。她想，他的花心真面目开始暴露了，真不应该跟他出来看电影。

她就把他的手拿开。

但他过了一会儿又把手放在她的大腿上。

并且不时地摸一阵子。

她说："你不要这样。"

江天强说："干吗，你现在不是我女朋友吗？"

阿兰说："我本来就不是你的女朋友。"

江天强说："我和你一块吃饭，又一块看电影，我父亲都看见了，我的姑父也看见了，你让我对他们怎么交代？"

阿兰说："那……我们只是同事。"

江天强说："汤阿姐要辞退你，你已经上了三个人的'精兵简政'名单，是我说服汤阿姐，把你的名字划掉的，你难道不应该感谢我吗？"

阿兰说："我是感谢你，但我不能做你的女朋友，因为……"

江天强说："你找我有哪个地方不好，你说出来。"

阿兰说："没说你不好，就是……"她真想告诉他，已有男朋友，但这句话到嘴边，又咽了下去。她想，如果他知道她有男朋友，或许这个家伙会去找他的麻烦，那样自己就更对不住他了。

她就是这样的犹豫不决。

江天强虽说年纪不大，也是"过来人"，他是汤阿姐的小情人，对所谓的夫妻生活已经了如指掌，所以面对阿兰，可谓是如鱼得水。

他得寸进尺，一只手伸进了她的内衣……

阿兰很不愿意，说："你不要这样。"

他哪里会放过这样一个绝好的机会，见她不反抗，就一刻不停地抚摸她……她不敢挣扎，只一直低头，一直僵持着身子。四周座位都是看电影的人，但光线很暗，所以他们或许对此没有留意，或许也只是以为眼前的这一对年轻人是热恋着的人儿吧，就像电影里庐山那一对年轻的恋人……

阿兰没有阻止他，也没有发出声音，在黑暗里，只好任他抚摸自己了，她的眼角掉下了一颗泪……

当电影即将结束时，江天强对阿兰说："你真比电影里的女主角漂亮，如果你两个人都站在我的面前，我就选择你，而不是她。"

阿兰说："你谎话连篇，谁会相信你？"

138

野藕记

　　有道是"请神容易送神难"，阿兰就这样不得不上了江天强的贼船，本来电影结束后，她想自己回家，江天强说那不行，他非要送她回家，非要叫她坐他的摩托车。

　　阿兰坐上了他的摩托车，她是第一次坐摩托车，所以很是害怕。江天强对她说："不用怕，你伸手抱住我的腰。"

　　"这个不好吧。"阿兰不情愿。

　　"你不抱，摩托飞快，你要摔跤的。"江天强说。

　　阿兰伸手抱着他的腰，说："那你开得慢点，我害怕。"

　　"你害怕就眼睛闭着，不要看两旁。"江天强说。

　　其实，江天强骑摩托的速度倒是并不快，因为他一直在动一个脑筋，他并不想送阿兰回家，他动起了这个歪脑筋，就是找一个地方与阿兰睡觉……

　　摩托开到一处荒地，突然停了下来。

　　江天强说："这么晚了，你就住在外面吧。"

　　阿兰说："不行，我父母亲在等我回家。"

　　江天强说："难得住在外面一夜又有什么关系？"

　　阿兰说："你把我送回家，我不会住在外面。"

　　江天强说："你说，我对你好不好？"

阿兰说："我无法断言。如果你不让我回家，你就是坏人。"

江天强说："我在你眼角里真的是坏人吗？"

阿兰说："看电影时你做了什么，你忘记了吗？"

江天强说："那叫爱情，如果我不爱你，你叫我那样，我还不愿意呢。"

阿兰说："我们又不是恋人，你怎么可以那样对我，你让我生气，你让我失望。"

江天强抱住她，说："我们怎么不是恋人呢？"他的嘴巴压了上去，阿兰不由得向后仰身，半个身子倒在摩托坐位上，就这样她的初吻就没了，阿兰的心头不禁涌起一股无名的伤痛。

或许江天强是司机的缘故吧，他的手劲很大，阿兰就像一只小鸡只好任他摆弄。他抱着阿兰走到了一条田埂上，那田埂上堆放着稻垛……

"你躺在稻把上。"江天强抽了几个稻把堆放在田埂上。

"你想干吗？"阿兰说。

"你早晚是我的人，你就躺在稻把上吧。"江天强说，他毫不掩饰自己流氓的本性。

"你臭流氓。"阿兰说。

"你说对了，我就是臭流氓，不与你睡觉我不配做臭流

野藕记

氓，所以你得成全我做这个臭流氓。"他一边说，一边将她扑倒在稻把上……

* * * * * * * * * * * * * ❖ * * * * * * * * * * * * *

就这样，江天强强行夺走了阿兰的贞操。阿兰哭着说："你这样对我，老天爷也不会放过你……"

江天强说："你不要哭，我是真心对你好的，如果今天我做错了什么，请你原谅，请你给我一个机会，从此往后，你就是我的人，这几天让我去见你父母亲好吗？"

阿兰说："你有脸见我父母亲吗？"

江天强说："我俩的事，你不说，我不说，又有谁会知道呢？"

阿兰说："天知，地知，你知，我知，你休想见我父母亲。"

江天强说："不过，我可要提醒你，一个人名声坏了，一生就完了，反正我是我，名声好坏关系不大，你一个姑娘名声坏了，你也就完了。"

阿兰说："是你害了我，让我怎么活？"

江天强说："你不要这样说，我没有害你，我是真心实意爱你，我和你抱一抱怎么了？"

141

阿兰说："你……"

她大哭不止。

江天强毕竟做贼心虚，他几乎用哀求的口气说："阿兰，你不要哭了，被别人听见不好的，现在我心里真的很不好受，时间不早了，我送你回家，明天一早你要上班，我也要上班，我要开车去上海，不睡觉开疲劳车容易出事故。"

阿兰说："那你为何要伤害我？"

江天强说："我不是故意的，只是一时冲动，只是我太喜欢你了！"

顿了一下又说："你自己好好想一想，如果这事被别人知道，对我无所谓，对你就不好了，来日方长，好自为之。明天早上我们准时上班，不然同事们要起疑心的。"

阿兰说："哦，你现在想到方方面面了，为何伤害我时那么不计后果呢？还说好自为之，好可笑啊！"

江天强说："我错了，你打我，你骂我，我没得意见。"

他把他的头抵在她的胸脯上。

她一把推开了他，说："滚……"

他往后退了几步，说："我可以走，但你一个人在这里，我不放心啊！"

她说："不要你管。"

他说："我就要管，送你回家是我的责任，保护你是我的

野藕记

责任。”

她说：“我现在才看清你的嘴脸。”

他说：“我再次请你原谅，我想得到你，就是表示我爱你，我不想你被别人抢去，再说也是我一时的冲动，也是你的温柔撩着我了，我是情不自禁……”

她说：“你，你，我瞎了眼睛。”

不得已，最后阿兰还是坐上了摩托车，江天强骑摩托将她送到家。你不会想到，大力气一个人坐在家门口，这是出乎阿兰意外的。

大力气看见女儿第一句话就说：“这个骑摩托是谁？”

阿兰没有回答，江天强道：“我和阿兰是同事。”

大力气说：“你是不是江组长的儿子？”

江天强说：“你怎么知道是我呢？”

大力气说：“我知道的，你和阿兰是同事，我和阿兰娘私下说，估计今晚阿兰不回家，很可能和江组长的儿子看电影去了。”

江天强说：“你说对了，我们是一块去吃晚饭，然后看电影了。”

143

大力气说："这下我和她娘就放心了，小伙子，到屋里坐吧。"

江天强说："今晚时间不早了，改日我一定登门拜访，你喝酒吗，我带两瓶白酒来。"

大力气说："你到我家来喝酒可以，我这里有酒，你不用带酒过来，我也不喝贵重的酒，只喝六角五的粮食白酒。"

看着父亲大力气和江天强一见如故、谈笑风声的样子，阿兰哭笑不得。大力气对阿兰说："你叫小伙子到屋子里坐坐，我叫你娘起床，你娘一直想见见小伙子啊！"

阿兰说："让他走！"说完，她径直向屋子里走去。

三十六计，走为上策。江天强对大力气说："时间不早了，明天早晨还要上班，还要开车去上海拉货，我也走了，再见。"他发响了摩托，一溜烟摩托就消失在黑夜里。

大力气心情非常好，他走到屋里，关上门，对阿兰说："看见你俩谈恋爱，我很赞成，你娘肯定也很赞成，她梦里也会笑出声来。"

阿兰说："他人品不好。"

大力气愉快的心情一落千丈："他欺负你了吗？"

阿兰说："这个没有。"她怕父母亲伤悲，更怕此事传出去坏了自己的名声，还怕石头知道做出格的事情，所以她选择了忍受和沉默。

野藕记

大力气突然看到阿兰身上有一根稻柴，他伸手将稻柴拿在手里，说："你身上哪会有稻柴？"

阿兰十分惊诧，一时不知道如何回答，犹豫了一会儿，才回答父亲："今天我们生产资料部进了两船稻柴，我身上都痒着哩。"

大力气说："呵，这样啊，我烧好两热瓶水，你快去洗澡，早点休息吧。"

阿兰取过两只热水瓶到房间洗澡去了，她要把今晚遭受的屈辱用水洗涮干净……

⊙ • • • • • • • ⊙ • • • • • • ❖ • • • • • • ⊙ • • • • • • • ⊙

阿兰实在没有心情睡觉。以前，她有写日记的习惯，只是后来没有坚持，如今遭受这样大的伤害，她找不到一个人可以诉说。其他事情都可以告诉石头，这个事情能告诉他吗？她觉得对不起石头，不配做他的女朋友了。她拿出日记本，开始写日记。原来她是给石头写信：

"石头：我从来没给你写过信，这是我第一次给你写信。但我不想让你看到这信，不想让你知道我的痛苦。多少回我憧憬着和你一起润漫在爱的海洋，可这一切美好的设想都被一个人摧毁了，这个人夺去了我

145

的贞操，这个人可以随时剥夺我工作的权利，在这个世界面前我才发现自己多么幼稚，多么无能为力。

"我不敢把这个事情写下来，更不敢告诉你，现在我是一个不纯洁的人了，所以我想我得离开你，我相信你是一个爱劳动的好青年，你未来的日子一定会美好，我愿你找到另一半，愿你们相亲相爱，风雨里一块走向前方。

"石头，我心里在流血，可你不在我的身旁，我多么想你能够抱一抱我，我真后悔你曾经想抱我，而我拒绝了你。当时，如果你能够勇敢一点，我也就让你抱了。因为我们的这个抱是纯洁的，这个才叫爱情。而他是个无情的人，他占据了我的身子，却让我的心受到了莫大的伤害，我会记恨他一辈子。

"石头，亲爱的，让我叫你一声亲爱的，在所有的盼望中，我最盼望与你的爱情，可是现在这一切都不复存在了。你知道，我父母亲都反对我与你的爱情，现在我就成全他们……我不知道自己写什么，脑子像吃了药……今天就写这些。亲爱的石头，愿你早日建造好新房子，愿你早日做新郎，那个新娘却不是我……"

阿兰本想把这个日记本放在床头，但担心被母亲看到，

野藕记

所以她想把日记本藏在床铺底下一只木箱里，当她蹲着身子拉那个木箱时，床铺底下突然窜出一只老鼠，她吓得大声尖叫起来。

她的尖叫声被父母亲听到了。

大力气和新嫂嫂都来到了她的门口，问道："你干嘛叫啊？你出了什么事情呢？"

阿兰小心翼翼地走到门口，但她没有开门，她隔着门说："刚才看见一只老鼠，现在老鼠逃走了，我也没事。"

大力气说："你开门，我来捉老鼠。"

阿兰说："我不开门，你们睡觉吧。"

大力气没再坚持开门，他们回去睡觉了。而阿兰坐在床铺上睡不着觉，她睁着眼睛等待黎明……

◉ ∙ ◉ ∙ ◉ ∙ ◉ ∙ ◉ ∙ ◉ ∙ ❖ ∙ ◉ ∙ ◉ ∙ ◉ ∙ ◉ ∙ ◉ ∙ ◉

江天强回家后到天亮几乎也没有睡着觉，这是为什么呢？一则他担心阿兰去告发他强奸，这可不是开玩笑的，这注定要吃官司；二则他担心阿兰第二天不来上班，如果她不来上班，那么这个事情可就会捅出一个大漏子，后果不堪设想。

你说，他怎么能够安然入睡？

江天强平常上班都会拖延几分钟，可这天他提前 10 分钟就到了，但他没有去看车子，而是坐在门卫室后面一只小凳子上，他坐在那里上班的人不会留意到他，但他能看到每个上班的人。他在这里就是想看阿兰来不来上班，如果她来上班，那么昨夜的事则风平浪静了，那么他就可以安心开车出门了。

　　他看到了汤阿姐。

　　他不想被她看见，所以他的头转向一侧。但汤阿姐眼观六方，她看见了他，于是她走过去，说："你坐在这里吹风凉吗？"

　　"我脚酸。"江天强说。

　　"你又没抱女人睡怎么会脚酸？"汤阿姐说。

　　"倘若我抱了女人睡呢？"江天强说。

　　"那你有本事哇。"汤阿姐说。

　　"什么意思？"江天强说。

　　"今天你不是去上海提货吗？"汤阿姐说。

　　"是的。"江天强说。

　　"我跟你车子去。车子油够不够，加满汽油再走。"汤阿姐提醒他道。

　　"油不多。"江天强说："是要加点油。"又说："你去，我跟你上饭店有吃喝了。"

野藕记

汤阿姐说："你想吃什么，我就给你吃什么。"

两个人相视一笑，心照不宣，汤阿姐拿着一只小包大步向办公室走去，而江天强仍然坐在小凳子，还有 5 分钟上班的铃声就要响了，可是阿兰还没有出现，他心里开始焦急起来，头上的汗珠都冒出来了。

其实，阿兰已经上班了。

事情就是那么巧，当江天强看见汤阿姐转身瞬间，阿兰正好上班，就这样江天强没有看见她。

直到上班铃声响了，江天强还是没有等到阿兰，他的内心可想而知，简直到了崩溃的边缘。这时，汤阿姐又走了过来，说："你今天奇怪的，不去准备开车，一直待在这里东张西望，你想做啥？"

江天强说："我有个小弟兄要送东西过来，讲好上班时到的。"他急中生智，临时说了这个谎话。当然，汤阿姐并不知道他在说谎话，所以她说："你去把车子开出来，我在这里等他。"

江天强说："不用，让我再等几分钟，如果他不来，那就算了，反正没有什么重要的事情。"

如果阿兰不来上班，江天强也不想去上海了，他想去找她，目的就是去"救火"，因为他明白"星星之火，可以燎原"这个道理，如果不去"救火"，那这一场大火燃烧起来可以不可收拾。

　　江天强此时的心情用心急如焚形容也不为过。

　　汤阿姐拎了一只小包又走到了门卫室，看见江天强还站在那里，问道："你朋友还没有来吗？"

　　江天强说："没有。"

　　汤阿姐说："快7点50分了，怎么还没有来？"

　　江天强眉头皱着，说："我哪知道他？"

　　这个"他"是一个虚构人物，可以说永远等不到他的。其实，江天强等的是她，她就是阿兰。前面已经说过了，阿兰已经准时上班，就是在江天强眼皮底下走过的，竟然成了一个"漏网之鱼"。

　　汤阿姐说："如果上午赶不到上海，提不到货，不知道下午提货要等到什么时候？"她的意思就是催促江天强赶快开车吧。而他却心生一念：我不开车了，出了这样大的事哪有心思去上海？

　　又等了10分钟，汤阿姐又催了："真的要来不及了，你马上开车。"不料，江天强直接告诉她，他今天不开车了，"如果你一定要去上海提货，你叫其他司机去。"

野藕记

汤阿姐脸色唰地白了，说："你叫我到哪里叫司机？"

江天强说："可我真的突然有事，需要我去处理，我心里着火，我的脑袋瓜快崩溃了。"

汤阿姐很想知道什么事，所以她说："你讲什么事，我给你办。"

江天强说："这是我个人的事，你办不了。"

汤阿姐说："你告诉我，说不定我可以办的。"

江天强说："你别问了，这个事情你办不了，天王老子也办不了。"

汤阿姐很是不悦，说："你不开车，这个货拉不回来，我无法向上级领导交代，你说怎么办？现在上面'精兵简政'这个工作还没结束，你也要考虑这个后果，到时我要保护你，恐怕我都自身难保。"

江天强说："这个我知道，但你不知道，我心如乱麻。"

汤阿姐说："你也真是一个死人，有事情放在肚皮里不说出来，哎，我也不催你了，反正我已经提醒你，你不去上海，后果很严重，你自己考虑清楚。"

江天强到底有些害怕这个"精兵简政"的。

这样他在门卫室又等了差不多十几分钟，他长叹了一口气，说："天要下雨，娘要嫁人，我也随便了。"

而汤阿姐正在打电话四处联系司机，江天强走到她面前说："没办法，等不到了，那我们就去上海吧！"

汤阿姐放下电话，对江天强说："那我们马上出发。"

江天强去车库开车，当他经过河边时，突然发现阿兰就在河边，只见她手里拿着一只计算器。他真是喜出望外，突然觉得阿兰是一个通情达理的好姑娘。

江天强心里一块石头落地了，料想她不会去告发自己了。

不知道阿兰又没有看见他，反正他没有上前打扰她，他只要看到她上班了，心里的阴霾便是一扫而光。

汤阿姐坐上车子，江天强像做贼一样，迅速将车子开出大门。

汤阿姐说："刚才看到你脸色不好，怎么现在一脸快活呢？"

江天强说："我和你一块去上海能不快活吗？"

汤阿姐说："你说的是真话吗？"

江天强说："当然真话，和你去上海有吃有喝，你好像是我的皮夹子。"

汤阿姐说："那你想吃什么？"

江天强说："吃你。"

野藕记

汤阿姐说："那你车子开快点，争取早点到上海，争取上午提到货，这样下午我们就可以玩一玩了。"

江天强一只手握着方向盘，一只手放在汤阿姐的大腿上，车子遇到道路不平，不时抖擞，汤阿姐在车上闭目养神……她睡了半个小时突然醒了，问道："车到哪里？"

江天强说："刚到昆山。"

汤阿姐说："一半路还不到。那我还打瞌睡。"

江天强说："不要瞌睡了，陪我说话吧。"

汤阿姐揉揉眼睛说："也行，我瞌睡，你也想瞌睡，这车子要开到水沟里的。"

江天强说："所以，你陪我说话，我就不会瞌睡。"

汤阿姐反手摸了一下他的大腿，说："你倒真年轻，大腿肌肉蛮有力啊。"

江天强说："我是四肌发达，头脑简单。"

汤阿姐说："我与你交往以来，发现你这个人脑子反应很快的，对了你关照的阿兰不让她走了，现在叫老唐走人。"

"老唐，装卸工，工作蛮好的，怎么叫他走人呢？"江天强问道。

"他呀，拿公家的两把铁锹回家，我抓住这个事情就做他文章，叫他走人，他也没有屁放。"汤阿姐说。

"你这才叫聪明。"江天强夸赞道。

汤阿姐说："也是没有办法，为了让阿兰留下来，只好挤掉别人了。"

江天强说："谢谢阿姐，下午我好好抱抱你！"

汤阿姐说："最近单位事情多，搞得我焦头烂额，我好需要你抱抱我，不然这些压力一起来，我快吃不消了。"

❂ • • • • • • • • • • • • ❖ • • • • • • • • • • • • ❂

先锋大队买了5只机挂船，组成一支运输队，所以大队部贴出了告示："根据公社下发文件，本大队组建一支运输队伍，故发动全大队社员，希望各位社员同志踊跃报名，可以父子档、兄弟档、夫妻档，实在没有这些档，可以优先组合，报名截止日期本月28日，希望大家相互转告。"

石头看到大队的告示，他跃跃欲试，就想做运输工，他本是泥瓦工，收入比一般农民多些，但他为了造新房，需要更多的钱，而摇运输可以多劳多得，或许这样可以多赚些钱。

正好他做的工地在大队部附近，于是他看工头不在，便偷偷地跑到大队部，正好遇见大队长。

石头说："我要报名。"

大队长知道他是想报摇运输，说："你做泥瓦工好好的，何必要做这种吃力的运输工？"

野藕记

石头说:"讲吃力,泥瓦工算吃力的,四季在露天做活,尤其是冬天冻的嘴唇发紫,手脚发抖,但我不怕吃苦,我想多赚钱,所以我想报摇运输。"

大队长说:"你与谁搭档?"

石头说:"我一个人不行吗?"

大队长说:"一只船肯定要两个人,一个人上岸,一个人看船,一个人开船,一个人做饭,你想想看,一个人怎么忙得过来,有些事必须两个人做的,小兄弟饭一个人可以吃,事情却是两个人做才稳当。"

石头说:"那终归还有落单的人吧。"

大队长说:"大队会优先将运输船给已经搭档的人,像你没有搭档的只好最后看情况了,如果没有那么多搭档的,你才可能有希望。"

石头说:"我的小舅可以吗?"

大队长说:"可以是可以的,但你小舅好吃懒做,与你搭档,你真的愿意吗?"

石头说:"让我先拿到运输船再说,小舅不行,我可以另外寻找搭档。"

大队长说:"你这是缓兵之计,至于你能不能分配到运输船还要大队支部商量研究,你要一颗红心做好两手准备。"又说:"你抓紧时间娶老婆,夫妻俩倒是可以做一档的。"

155

石头说："我房子都没有怎么娶老婆，等我摇运输赚到钱了，才能造新房子，才能娶老婆，所以我请大队领导高抬贵手，让我摇运输，让我多赚点钱，让我能够早日娶老婆。"

　　大队长点头道："你说得对，我来对钱书记说，争取给你一只运输船。"

　　对此，石头对大队长千恩万谢呐！

　　天气预报说雷阵雨要连续下两天，所以石驳岸工地的工头说，放工两天。这样石头便有两天休息时间，这是一次难得休息的机会，他想找阿兰，看她有没有时间，想叫她到苏州观前街给她买一身衣裳。石头为自己的想法兴奋不已。

　　老规矩，这天早上 7 时许，石头找到了生产资料部。当他在门口张望的时候，阿兰正好看见他，不知道为什么，她看见他瞬间眼泪像雨珠一样往下掉落。

　　当然，这是石头不知道的故事。所以，阿兰并不想让他看见自己在哭。

　　阿兰并没有立即去见他，而是跑到厕所用水抹了一把脸。若是石头问，你眼睛怎么啦，那就告诉他，自己刚在水龙头洗过脸。

野藕记

阿兰才镇定自若地走出来，说："石头，你今天怎么有空过来啊？"

石头说："天气预报说今明两天有雷阵雨，所以这两天放工，所以我想来约你，今明两天你有空吗，我想请你到苏州城里玩，顺便给你买一身衣裳。"

阿兰说："你们工地有雷阵雨不能干活，我们生产资料部下雨天正常营业。"

石头说："那你向领导请假，一天或者半天都可以。"

阿兰说："石头，事情这样的，我本来也想找你，有些事情我想与你当面说清。"

石头说："你说。"

阿兰说："你跟我来。"

两个人来到河边。

石头先说："阿兰，我看你好像瘦了。"

阿兰说："是瘦了7斤。"

"什么原因造成的呢？"

阿兰觉得有必要告诉他，自己与他已经不可能谈恋爱了，但不想直接告诉他，她在找机会告诉他。她说："那个江组长已捷足先登，到我家提亲，偏偏我父母亲就答应了。"

"啊……"石头不相信这是真的。石头知道阿兰的父母阻挡他与阿兰的恋爱，但阿兰心里有他，他一直在努力，先把房子造起来，然后再去找她的父母亲，希望他们回心转意，希望他们成全他与阿兰的爱情。

但他做梦没想到有人已经把他爱的人抢走了。

石头说："我现在就去找江组长，我要找他讨一个说法。"

阿兰拉住他说："你可不能找他啊，你一找他，我这个工作就没了……我父母亲就要寻死觅活，我们一家人就散了，你说叫我怎么办？"说着，她的眼圈就红了，她的眼泪就唰唰地掉下来。

一说到江组长，一股无名火就从石头心头升起，他没有想到江组长竟然明目张胆纵容儿子抢夺他的女朋友了，那可不行，如果江组长真的那样做，他豁出去了，准备与他拼命。

石头说："我会找到他的，他不让我吃饭，我不让他拉便。"

阿兰几乎要哭了，她说："你这样做就是逼死我了。"

石头说："与你无关，一人做事一人当。"

其实，石头心里是苦的，他知道如果自己去找江组长，那就是把这一层窗户纸捅破了，势必矛盾焦点聚集到一个人身上，这个人就是阿兰。本来挡在阿兰与石头面前只有她父

野藕记

母亲两个人，现在增加了江组长父子，好比是一垛墙，仅凭石头一个人撞墙，最后这一垛墙不受损失，而石头则会头破血流。

但难道看到自己心爱的人就这样倒向别的男人怀抱吗？石头咽不下这口气。

石头说："你卖一把铁锤子给我。"

他不说什么用途，阿兰就知道他买铁锤子的用途，他肯定是要去砸江组长的家，或者砸江组长父子俩，那可是要出人命的啊，所以决不能卖给他铁锤子。

阿兰说："铁锤子断货了。"

石头说："没有铁锤子，你卖一把铁锹给我，我买了铁锹就走人。"

阿兰说："你买铁锹做啥？"

石头说："这个你别问，这是我的事情，你无权管我。"

阿兰说："我不会卖给你。"

石头说："你不卖给我铁锹，那我找你们领导去买铁锹。"他一边说，一边向里屋找领导了。

阿兰在后面叫他："我们领导不在单位，现在我就是领导，这个铁锹不会卖给你的。"

石头气势汹汹找到办公室，叫道："你们领导呢？"

有人告诉他，领导在外面开会，今天可能不回来。

石头说："我要买一把铁锹，为什么不卖给我？"

阿兰对大家说，我和他是一个生产队的人，这个铁锹是我不卖给他。

其实，石头心里有阿兰，他不想在这里大吵大闹，不想把他与阿兰的事闹得不可开交，闹得满城风雨……现在听到她说是"一个生产队的人"，这一句话像一盆冷水泼在他的头上，让他的情绪有点安静下来。

阿兰拉着他的手，将他拉到外面，说："你脾气发够了没有，如果这个事情被我父母亲知道，你让我怎么对他们说，你设身处地为我考虑过吗？"

石头没有买到铁锤子，也没有买到铁锹，即使买到这两样东西，石头也不会去找江组长的，因为那样做的话，就是真正地把阿兰推向了火坑，真正地失去了自己的爱情。

这点石头最后想明白了。于是，他对自己说，留得青山在，不愁没柴烧。

是的，自己心爱的人被别人夺走，不要说石头愤怒，是谁也受不了啊。阿兰知道石头心里不好受，所以她在深夜给石头写了一封信，并且让自己的闺蜜亲自送到石头手里。

野藕记

石头捧着来信，眼泪止不住地往下流，他急切地想知道阿兰的信里说了什么，但他家里电灯泡坏了，家里漆黑一团，他就跑到生产队猪场，猪棚里灯火通明。

养猪人看到他，对他说："夜里不在家睡觉，来这个猪棚做啥？"

石头说："家里电灯泡坏了，借你一个光看信。"

养猪人说："我这里有一只灯泡，给你要不要？"

石头说："要啊，要啊。"

养猪人说："那我去拿给你，不过这事你千万不要对别人说，更不能让队长知道，因为这个灯泡是生产队的，如果被队长知道，那不仅要扣我的工分，你的工分也要扣的。"

石头说："你对我那么好，我不会对任何人说的。"他很需要这一只灯泡，因为"往而不来，非礼也；来而不往，亦非礼也。"他也打算给她回一封信。

他坐在猪棚里读信。

她的信不长，是这样写的：

> 石头，我是个不值得你爱的姑娘，因为我一连做错事，在爱情面前我已经不是一个纯洁的姑娘，有些事情无法说出口，但真是落在我的身上，我受到的屈辱与《白毛女》里白毛女一样苦大仇深。
>
> 石头，今生今世我做不了你的妻子，对不起。世

161

界很大，你爱劳动，会挣工分，你会遇到真心爱你的姑娘。最后，我恳求你，看在我们曾经相爱的分上，不要去为难江组长他们父子，我这一生只能系在他们这一只船上了，我不知道这一只船会被风吹向哪里，所以我的眼前也是一片迷茫……

石头，紧握你的手，我们做不了恋人，以后我们还是做兄弟姐妹好吗？

阿兰亲笔，

12 月 21 日

养猪人拿着一只灯泡走到他身旁，说："谁写给你的信呀？"

石头没说是阿兰写的，他告诉养猪人，这一封信是一个当兵的同学写过来的。

养猪人说："当兵的军用皮鞋真的不错，我有个亲戚送我一双军用皮鞋，可耐穿的，只是被一头公猪咬坏了，我恨不得一棍子打死那一只公猪……"他说的像连惯炮，石头并不想听他说，所以他拿着信和灯泡快步回家去了。

阿兰在信中说"我受到的屈辱与《白毛女》里白毛女一

野藕记

样苦大仇深"，石头隐隐感觉到阿兰有"难言之隐"，不然她哪来的"苦大仇深"呢？

即使阿兰说不再爱她，他也要弄明白阿兰身上所遭遇的"难言之隐"，不能这样不明不白就过去，不能这样稀里糊涂就失去自己纯真的爱情。

显然，再去生产资料部找阿兰，这一条被否定了，因为生产资料部很多人已经认识他，如果再去那里找阿兰，很可能被他们误以为自己死皮赖脸纠缠她，或许会被他们群起而攻之。

那么，怎么去找阿兰呢？

或者在她上班路上等，不过，这个念头一出现，就被石头否定了，因为路上人来人往很多，即使遇见阿兰，她要赶路，也不一定有时间坐下来说话，再说阿兰已经对他明确了，她说："你不要追求我了，我现在只好尊重父母亲的意愿……"

有道是："不入虎穴，焉得虎子。"

石头突然想起这句话，心里就有了一个想法：到阿兰家里，心平气和与她交谈。

他知道阿兰一般傍晚6点到家，所以这个时间之前，我一个人坐在她家不远处的一块石头上等她回家。

那天，真的被他等到了。

只见阿兰骑着一辆自行车回来了。几日不见，阿兰竟然学会了自行车，石头感觉她是一个非常厉害的姑娘。石头走到了她家门前，这时，大力气从屋子里走了出来。

阿兰将自行车停放在墙边，对石头说："你来做什么？"

大力气看到石头就很来气，一来气说话就不好了，他走到石头面前对他说："你还来找我女儿做啥？不是讲好一刀两断了吗？你年纪轻轻，还要不要做人？"

石头对他说："大叔，你不要这样说我，你请放心，我有事找阿兰问一下，我不会为难她的。我与她讲几句话就走。"

大力气说："石头，你人说人话，我给你这个机会。"又对阿兰说："叫石头到屋子里说话，外面人多，被外头人看见影响不好。"

于是，阿兰对石头说："我们到家里谈。"

石头说："可以。"

阿兰和石头先后进入了屋子里，而大力气像一尊菩萨蹲在门口，他铁青着脸，忽然他想起了什么，起身走向屋子里，对新嫂嫂说你也到外面来，不要干扰阿兰和石头谈话。

新嫂嫂说："我在灶间又不要紧的，又没听他们说话。"

大力气说："你听我的话，你现在跟我到门外，你女儿与石头分手，这事拖不得的，快刀斩乱麻，他俩的事情解决了，我和你的心里就踏实了。"

野藕记

因为大力气允许石头进屋子里，这让石头心情由坏变好，有道是"你敬我一尺，我敬你一丈"。所以，石头对自己说，好好说话，自己与阿兰今生做不成夫妻，那么就做最好的男女朋友。

而他很想对阿兰说一句话：在风里雨里你一个人要好好走，如果你能回头，我还是那个石头，我还是愿意与你一起在风雨里行走！

阿兰还是相信他，让他进入自己的房间，她坐在床铺上，石头蹲在床边。

石头说："你和他谈得好吗？"

阿兰说："我与他低头不见抬头见。"

石头说："我知道强扭的瓜不甜，既然你俩已经在谈了，我也不想插足你俩之间，所以我会离开你。"

阿兰说："我知道，但我想知道你今天来有什么目的？"

石头说："我要纠正你的说法，我今天来不是我个人目的，我读了你的信，你信上说'苦大仇深'，你一定是遭遇了很大的不幸，不然你是不会如此说的，所以我真的内心极其不安，纯粹是为你担忧。"

阿兰说："这已是过去了的事，我也不愿意告诉任何人，就像一块石头无声地沉入大海吧。"

石头说："我猜想你被他欺负了，但你顾及面子不愿说出来而已，我也不勉强你，我只是想告诉你，如果他真的欺负你，你找我，我来摆平他。"

阿兰眼圈红了，她呐呐地说："你千万不要做这样的傻事，我的事，我会自己处理好。"

阿兰还是没有把那一段遭遇说出来。

如果石头知道是那个样子，他不会就此罢休，或许他真的会拿起一把铁锤子，砸向江天强父子……

但是最后阿兰终于坚持不住，眼泪像决堤般哗哗流淌。

石头心软了，说："你为何要这样呢？"

阿兰鼓足勇气说出了一句话："我做了对不起你的事。"

这时，外面有敲门声，阿兰轻轻地打开门，看到母亲拿着一碗水煮蛋，对阿兰说："让石头吃了这一碗蛋，你俩就此好好分手吧。"

石头也听到了她母亲的话。

他从阿兰手里接过那一碗水煮蛋，很快将两只水煮蛋吃光了，最后连汤也喝光了。

阿兰说："你肚子很饿么？"

石头说："不饿。"

"那我看你像很饿的样子。"

野藕记

"因为我吃下这一碗水煮蛋，我就立马滚蛋，从此我们各奔东西。"

"啊，是这样啊，那我不该让你吃这一碗水煮蛋。"

"现在已经吃了，我就走了。"石头说，这回他没说"我滚蛋"……因为世上的事，阴晴圆缺，分分合合，谁说得清楚呢？

江组长是个有坏脑筋的人，他硬是拆散了阿兰与石头的爱情，让阿兰做他的儿媳妇，如今他如愿以偿。或许他感觉有些理亏，所以面对谁摇运输船，他还是拉了石头一把，当然这是石头不知道的事。

这回大队有5只运输船要找5个搭档，按照大队的意见这个搭档最好是夫妻档、父子档、兄弟档，石头的父亲身体弱，显然摇运输不适合，所以石头报了他的搭档是小舅，可这个小舅有好吃懒做的名声在外，所以大队研究摇运输名额时，将石头与小舅这一档划去了。

大队拿出了5个搭档的名单，请江组长过目。

江组长一扫那一个名单，突然问道："怎么不见石头？"

关于石头、阿兰和江小强这三角关系，大队长是比较了解的一个人，他知道石头对江组长恨之入骨，他也当面听到江组长说狠话，如果石头这小子胆敢乱来，我叫民兵把他捆在树上两天两夜，当然他只是说说而已。

但大队长压根儿不会想到江组长竟然会把石头想摇运输这事放在心上，而且看江组长的脸好像不是开玩笑的样子，他说话的语气是一本正经的。

大队长说："石头本身是泥瓦工，本身大队已经照顾他了，现在大队比他家穷的人家还有不少，所以综合考虑，这回就不让他摇运输，再主要的问题他没有一个好的搭档，他找的小舅是个好吃懒做的人，如果他们两个人搭档摇运输，显然会遇到很多的困难。"

江组长说："你不要与我讲这一套道理，石头他想摇运输，你就让他摇运输，废话少说，你看把哪一个搭档划掉。"

大队长一脸尴尬："这个还要大队几个支委研究。"

江组长拍了一下桌子："你马上叫大队研究，让石头摇运输，你就说这是我的意见。"

大队长说："好好好，我马上找钱书记，大队再商量。"

江组长让石头摇运输，他这个态度出乎大队干部们的态度。大队支委在开会时，钱书记说："既然江组长的意见是让石头摇运输，那我们就同意让石头摇运输，现在同意石头摇运输的请举手。"

野藕记

在场的 7 个大队干部竟然个个同意了。

钱书记苦笑一声："现在大家同意了，那石头摇运输就通过了。"又长叹了一口气："哎，你们这些人就是杨树柳，江组长说倒向东，你们就倒向东，江组长说倒向西，你们就倒向西，倘若江组长要你们吃鸟粪，你们也吃鸟粪吗？"

众干部面面相觑，大队长笑道："钱书记，你带头吃，我们跟你一块吃。"

众人哄堂大笑。

筑石驳岸的工头已经知道石头得到摇运输名额的消息，他大动肝火：石头这么好的泥工走了，我这个石驳岸工程谁来做？

工头找到大队部，他说什么也不让石头走。

大队长说："别哇啦哇啦，没有石头，难道天会塌下来。"

工头说："大队长啊，你这是官僚主义腔调，石头做泥工本事最好，他走了，就是失去我一只臂膀。"

大队长说："石头说做泥工收入少，所以他想摇运输，争取年收入多些。"

工头说："在工地我已经给他的工资算最高了，但人心依

169

不足，这山望着那山高。"

大队长说："摇运输也不是好活，如果接不到运输活，那就没有收入，所以石头摇运输，还不知道是赚钱多，还是赚钱少。"

工头说："对石头你没有我了解，他这个人肯吃苦，而且干啥就成啥，我倒是看好他摇运输的。"

大队长说："是的，这个小伙子人不错，只是他家穷一点。"

工头说："穷不生根，我估计这个小伙子几年内就能够脱贫致富。"

大队长突然发现工头穿的裤子屁股后头有一个大洞，他大笑，指着那个大洞说："你的屁股开天窗了，你这样走到街上去，估计要笑死一大片人。"

工头伸手摸了一下屁股，说："早晨裤子还是好好的，不知道在哪里扎穿裤子的。"

大队长说："那，查主任在办公室，她应该有针线包，你去找她补裤子，不然你这样走出去，太难看了。"

工头说："你不说，我不知道，你说了，我感觉难堪了。"说完，他去找查主任补裤子了。还好，查主任在办公室，她找出一块布，很细心地为他补裤子。工头说："不好意思，让你补裤子。"

170

野藕记

查主任说："这是我的拿手好戏。"

工头说："你马马虎虎就可以了，补得太好，回去老婆肯定要盘问我。"

查主任说："有啥盘问你呢？"

工头说："盘问我这个补丁这么好，是哪个相好补的？"

查主任说："那你有相好吗？"

工头说："我在工地上做生活累得半死，哪有空闲找相好啊！"

查主任边补裤子边说："说的也是，你年纪已经四十多了吧，再找相好也没什么意思，有这个找相好的钱，还不如多买点肉啊鱼啊，让一家人吃得好点，这个最实惠。"

＊＊＊＊＊＊＊＊＊＊＊＊＊＊＊＊＊

你不知道，当石头找到小舅要他一起搭档摇运输，小舅却不答应。他说："我年纪半百了，还叫我挑担那可不行，人早晚要死的，所以还是要活得轻松点。"

石头说："如果船上有重的活，不要你做，我一个人做，总之不会让你吃力。"

小舅说："如果我年纪轻掉 10 岁，还可能与外甥你一块去摇运输，现在我已经像太阳落山了，不想再到外面吃苦受

171

累了。"

石头不知道怎么办了。

他找到王队长，在他心目里，王队长还是足智多谋，所以想请他想想办法。王队长当即向他推荐一个人，他说："我兄弟老四和你搭档可行？他是退伍兵，政治素质很好的，而且肯吃苦。"

石头说："就是经常要住在船上，老四家里有两个年幼的女儿，他能走得开吗？"

王队长说："老四在我面前要求过摇运输的，但我正是考虑他有两个年幼的女儿，所以被我挡了回去，说不定现在他还对我翻白眼哩。"

石头表态："我没有意见，那你去问问老四，他可愿意，如果他同意，那我们明天就要摇船外出了，所以这个时间十分紧迫，没有回旋的时间了。"

王队长和石头一块来到了老四家，老四刚脱了衣服想上床睡觉。他看见王队长过来，连忙下床穿衣服，他说："阿哥，你难得到我家来，你来，我想肯定有事情要对我说，你说对不对？"

王队长说："现在才几点啊，你怎么这么早就睡觉呢？"

老四说："嘿嘿，夜里没有啥事情可做，就早点睡觉吧。阿哥，你找我有啥事直接对我讲好了。"

野藕记

王队长说："你现在还想不想摇运输呀？"

老四张大了眼睛，说："我想，你弟媳妇比我还要想，如果有运输船，我就想与你弟媳妇一块去摇运输船。"

王队长抬手指着石头说："石头与他小舅讲好搭档摇运输的，但事情有变化，他小舅怕苦怕累，故不想摇运输船了。所以石头想找一个人顶替他小舅，所以我就想到了兄弟你这个人。"

老四脸上露出了笑容。他说："最好是把这一只船全部让给我们夫妻两个，我想这个摇运输吃力总归比不上罱河泥吃力吧。"

王队长说："你是蛇吞大象，真是贪心。"

老四说："阿花刚出门，就要回来的，她说好的，我也就说好的。"

王队长说："阿花现在出门做啥？"

老四说："上马桶没有草纸，去大队代销店买草纸去了。"

王队长说："我家里有一捆草纸，明天我叫你阿嫂送两包过来。"

　　江组长对阿兰表面看来确实不错。他找了一次供销社主

173

任说情，一纸调令就将阿兰调到副食品商店做营业员。在这之前，江组长找到汤阿姐，他要调动阿兰的工作，请她高抬贵手。汤阿姐两话没说就同意了。

江组长说："小汤，没想到你答应得这么痛快，是不是阿兰工作表现不好？"

汤阿姐说："哪里，哪里，阿兰工作很认真，而且很有责任心，现在要调走她，我还不知道谁能胜任她的工作呢？"

江组长说："既然她表现这么好，那你怎么没有一点挽留的意思呢？"

汤阿姐说："哎哟，整个资料部的人都知道阿兰是你未过门的儿媳妇，现在你要调动她的工作，即使我挽留一点也没用。"

江组长说："好像你说得有点道理。"

汤阿姐凑近他的耳朵说："还有一个重要的原因，只能你和我知道，别人面前是不可说的。"

江组长不知道她想什么，有点找不着北，他说："有一个重要的原因？"

汤阿姐说："我完全是为你儿子着想，你想天强和阿兰都在生产资料部工作，这不好，对你儿子来讲没有一点隐私可言，两个人时间久了会滋生矛盾，所以让他俩分开工作比较好，所以你调走阿兰，我举双手赞成。"

野藕记

江组长说："你比我想得还周到。"

她能不想得周到吗？

江组长并不知道她是江天强的情人，是他暗地里的"儿媳妇"。

对此，江组长对汤阿姐还是赞赏有加。他在江天强面前称赞汤阿姐"考虑问题全面"，是个不错的女人。而江天强暗自发笑。那天，他和汤阿姐约会，江天强对汤阿姐说："我父亲几次在我面前说你……"

汤阿姐一惊，以为哪地方做得不好，说："说我哪里不好呀？"

江天强说："没有说你不好，只是一个劲地夸奖你，说你眼光远大，考虑问题像男人，比较全面和周到。"

汤阿姐很惊讶说："你父亲真的这样夸赞我吗？"

江天强说："我父亲真的这样夸赞你的，我不骗你，你想我骗你又有什么意思呢？"

汤阿姐："我就是喜欢听夸赞的话，阿兰调走，你父亲特地来感谢我，我说不用感谢我的，阿兰调走比较好，因为夫妻两个在一个单位工作不太好，虽说他俩还没有结婚，但结婚是近几年尽早的事情。"

江天强说："其实，调走阿兰，你是为你自己考虑。"

汤阿姐说："你什么意思？"

175

江天强说："以后阿兰不在生产资料部了，我进出你的办公室就如鱼得水，你说是不是？"

这5只运输船，其中3只船到山里运输石头石子，而石头和老四这一只船几乎被县供销联社承包，叫他们负责运输生产资料，以及生活日用品。

所以，石头还能经常见到阿兰。

那天，石头这一只船运输的物资是酱油和食盐，正是送给阿兰那家副食品商店。

已经四五个月不见，当石头见到阿兰时，感觉她身材有点胖了。见此，老四轻轻地对石头说："阿兰，她怀孕了。"

石头心里一阵难过。

所以，他只顾搬东西，并没有与阿兰说话。

倒是老四走上前，与阿兰打了一个招呼。老四说："阿兰，你结婚怎么喜糖都没有吃到？"

阿兰说："我没结婚啊。"

老四心直口快："那你怎么肚皮大哉？"

阿兰说："你这人讲话怎么这样胡说八道呢，要不是我认识你，我真的要板面孔哉。""板面孔"，苏州话表示生气。

野藕记

老四说："我的眼睛比 X 光还厉害，不信你自己到医院去检查。"

阿兰的脸涨得通红，她显然生气了，丢下一句话："你说话太不着边际了。"说完，扭头便走了。

老四冲她叫道："你不要收货吗？"

她没有回头。

过了几分钟，另个一个女营业员出来收货。她说："你们说了什么话得罪她了，现在她骑自行车去医院了。"这位女营业员并不知道阿兰与石头以前是恋人关系的。

老四对她说："我们与她一个大队，彼此熟悉，开开玩笑，不会当真。"

那女营业员说："不过，提醒你们，开玩笑不要过分。"然后，她拿着计算器在一旁清点货物。

老四一边搬东西，一边小声对石头说："阿兰去医院，肯定去检查有没有怀孕？"

石头说："你难道是诸葛亮？即使她怀孕，你也不要去说她。"

老四说："我是说着玩的。"

石头说："她还没结婚，你却说她怀孕，你就不要怪她生气。"

老四说："我看，她要谢谢我，我不说她怀孕，很可能她自己还不知道怀孕呢？"

老四说话如此漫不经心，而石头心情却是沉重起来，搬动货物劲也没有。本来他还指望，某一天她回到他身边……现在看到她这个模样，他的情绪低落到极点，形容他丧魂落魄也并不为过。

老四知道他心里很爱阿兰，便开导石头说："她都替人家生孩子了，你脑袋瓜也醒醒吧！"

⊙ • • • ⊙ • • • ⊙ • • • ⊙ • • • ❖ • • • ⊙ • • • ⊙ • • • ⊙

阿兰对怀孕之事还一点不懂，现在听到老四说她怀孕了，她嘴巴上对老四说了一二句生气的话，但她心里却是发虚了，一直问自己会不会真的怀孕啊？

所以，她心神不宁。她向店长请假，说："我突然肚皮痛，拉肚子，我想找医院看看。"

店长是个女的，一个中年女人，平常与阿兰关系处得还好，所以她关照道："你看好病就回来，店里没有人可不行。"

阿兰说："我看好病就回来。"

一到医院，她就去找初中同学王珏，她在药房。

阿兰对王珏说，想找医生看看有没有怀孕？

王珏说："你和男朋友睡在一起怎么不采取安全措

野藕记

施呢？"

阿兰说："没有呀。"

王珏说："你们干柴烈火一样的，不怀孕才怪哩。"她把阿兰拉到门后，说："你让我看看肚皮。"阿兰老实地把衣服撩起来了，便露出了她白白的肚皮，但见那肚皮微微地隆起……

王珏说："我不是妇科医生，但我敢拍板说，你怀孕了。"

阿兰皱眉头说："那我怎么办？"

王珏说："你先挂号，妇产科，让医生确诊一下。"又说："对了，这个孩子你想要吗？"

阿兰摇头道："我不想要。"

王珏说："不想要，你就对医生讲，因为早做早好，越往后面想做掉越受罪。"

阿兰说："这样倒霉的事怎么会轮到我头上呢。"

王珏说："人家新婚夫妻要生一个孩子却生不出来，你与人家换一下就好了。"

阿兰脑子晕乎乎，她都不知道妇产科在哪里，还好有王珏，她领阿兰找到了妇产科，王珏走到妇产科，对女医生讲："张医生，这是我初中同学，她检查一下有没有怀孕？你关照她一下呵！"

张医生笑说："好的，哎王珏，你啥时候怀孕啊？"

179

王珏说："我找谁怀孕啊，老公还不知道在哪里呢？"

张医生说："我有个表弟，是个木匠，要不介绍你俩认识一下。"

王珏说："我不找木匠，我要找解放军，最好是军官。"说完，她嘻嘻笑着走开了。

很快就轮到阿兰了。张医生拿听筒放在阿兰的胸口，问道："你月经啥时候来的？"

阿兰一怔，说："二个多月没来过了。"

张医生说："你怀孕了。"又说："怀孕初期，不可同房，不可吃辛辣的食物，肚皮不要受冻，现在你的胃口怎样？"

阿兰说："看见油腻的食品就想吐。"

张医生说："这是怀孕正常反应，孕期要加强营养……"

阿兰讷讷地说："我不要这个孩子。"

张医生："为啥不要？"

阿兰说："因为我还没结婚，生孩子会被别人笑话的呀。"

⊙•••••••••❖••••••••••⊙

阿兰确认自己怀孕后，极力忍住失落的情绪，又回到副食品商店上班。女店长说："一个萝卜顶一个坑，以后你要外出，或者休息要提前请假，我不会批准你，你最好不要请假，

野藕记

假如你想请假，就要扣你的工资。"

阿兰说："我提前并不知道肚皮痛。"

女店长说："今天请假就算了。"

阿兰说："那我今天下班想早点走。"

女店长说："你有啥个急事又要请假呢？"

阿兰说："我想上一趟男朋友家，有一些事情需要商量一下。"男朋友，指江天强。这个女店长知道的。阿兰想，自己意外怀孕，这个事情瞒不了，当然需要第一时间告诉江天强。

女店长说："你去男朋友家早点去，或者晚点去有什么妨碍吗？"

阿兰说："我想先去生产资料部找男朋友。"

女店长说："你下班后再去吧，我不同意你请假。"

阿兰只好耐心等待下班，她有点担心下班后不一定能见到江天强，因为下班后江天强经常在外面与几个小弟兄吃喝玩乐。还有，他与汤阿姐鬼混，这当然是阿兰不知道的事。

所以，一到下班时间，阿兰第一个骑自行车冲了出去，她以最快的速度赶到生产资料部，看到很多人都在向门外走去，他们也是到了下班时间。阿兰向门卫老头一打听，江小强开车回来不久，应该还没走。她对门卫老头说："我进去找江天强可以吗？"

老头熟悉阿兰的，说："可以的，可以的，你老早是这里的同志，又不是陌生人。"

阿兰便将自行车停放好，她知道江天强的工作室，所以急着走进去。当她经过汤阿姐的办公室时，看到门半掩着，她便想与汤阿姐打一声招呼。

当她推开门时，里面的人尖叫了起来，而阿兰也"啊"的一声大叫起来。阿兰不相信自己的眼睛，她看到江天强赤裸着上身，汤阿姐半裸着上身，两个人居然抱着扭着。

阿兰说："我真的瞎了眼睛，你们还是不是人？"

汤阿姐毕竟是见过世面的人，她穿好衣服对阿兰说："你先坐下，我给你倒杯水，你听我给你解释。"

江天强也穿好了衣服，他说："你刚才看到的是错觉，其实我背上痒，汤阿姐给我搔痒，你以为我们在做什么？"

这两人像商量好似的竟然倒打一耙了。

◉ • • • ◉ • • • ◉ • • • ❖ • • • ◉ • • • ◉ • • • ◉

这一对狗男女竟然一唱一和，阿兰用手来回揉着眼睛，忽然觉得有点迷糊，这不会是一场梦吧。汤阿姐拿出一块白毛巾，端来一盆水，用毛巾给阿兰擦脸，江天强则跑到门外，好像把守着门口，他想如果有他人经过门口，就把他人挡住，不让他人看到这个屋子里的人和事。

182

野藕记

汤阿姐说:"阿兰,我对你怎样,你在我手下,我对你像亲姐妹一样,你想调到副食品商店,我也给你说了好多好话,有些事情我没有对你说,所以你并不清楚,今天借这个机会我对你说,本来副食品商店是我的妹妹,是我的亲妹妹去的,后来知道是你想去,我就没让妹妹去,因为看在江组长,看在江天强的面子上,我觉得应该这样做。"

"我知道,可今天你俩做这个事被我看到了,我刚才以为是梦,现在我看清楚了,是你们两个人在我面前演戏,你们可真会演戏啊,我算看清你们是怎样的人了,真是知人知面不知心。"

"阿兰妹妹,我叫你一声妹妹,你刚才看到的是不真实的,你看到的是一种错觉,真是江天强背上发痒,我是给他抓痒痒,你想我和他年纪相差十几岁,加上四五岁我都可以生他的,我与他怎么可能做那种苟且之事呢。我说,你冷静一下,好好想一想,你看到的是不是真的,当然你硬说是真的,如果外面人知道了,我和江天强名声坏了,你又能得到什么好处呢?当然,我和江天强都不会放过你,所以这个后果你得想清楚。"

"我真的看到你们赤身裸体抱在一起。"阿兰说。

"如果你真要这么说,我就要叫外面人过来了,我要对他们说,你和江天强赤身裸体抱在一块,这里是生产资料部,在光天化日之下，你们怎么可以到我们单位做这种见不得人的事。"汤阿姐反唇相讥。

这时，江天强从门口伸过半个脑袋说："汤阿姐是为你好，你不要闹了，这样吧不打不成交，我们三个人找一家饭店一块吃个晚饭，你消消气，我和汤阿姐也压压惊。"

阿兰说："你眼睛瞎了吧，汤阿姐是为我好吗？以前我还觉得汤阿姐是个能干的大姐，如今在我的眼里你们就是奸夫淫妇，我也真是瞎了眼睛。"

汤阿姐说："阿兰，你这么说就是没意思了，我和江天强清清白白的，哪会做这种下等的事呢？有道是捉贼要赃，捉奸要双。你拿得出证据吗？"

又说："如果你在外面瞎讲我和江天强什么什么的，那我真的对你不客气，我这里铁锤、长刀、麻绳什么都有，人在失去理智的情况下什么事都做得出来。"

汤阿姐开始威吓阿兰了。

野藕记

第四章　补偿

请看汤阿姐和江天强像唱双簧一样对付着阿兰。

阿兰差点把自己怀孕的事情忘记了。

夜，开始来了。

"阿兰，我有个想法，不知道你愿意不愿意听我的话？"汤阿姐说，可能是她来不及戴乳罩，细看她的乳房竟然随着不时地在抖动。一个三十多岁的女人还是挺招男人喜欢的吧。所以，这样的女人被称为成熟的女人，她们身上散发出一种成熟的女人味道。

阿兰说："我不想听你说。"

汤阿姐说："你不想听我说，那就算了，我也不想说给你听。反正夜黑了，我要走了，你愿意待在这里，你叫江天强陪你吧，我辛辛苦苦忙忙碌碌一天，没有精力与你这样一个脑子拎不清的人纠缠不清。"

阿兰说："好吧，你留下来陪他，我走。"

江天强说："我们一块走，我陪你去饭店吃晚饭。"

阿兰说："你俩去吃，我为你们做这种丑事感到羞耻。"

江天强说："你不要乱说，平常你是一个文静的姑娘，怎么今天像吃错药似的，说话像精神病人呢？"

阿兰说："我现在找你父母去，现在我怀了你的孩子，看你父母怎么对待我？"

"啊，你怀孕啦。"江天强吓了一跳。

又说："你不会是开玩笑吧。"

他似信非信。

汤阿姐也睁大了眼睛，说："阿兰，这是真的吗？"

为了让他们相信自己的话，阿兰从随身一只小挎包里取出一本病历卡，对江天强说："你自己看。"

江天强拿过病历卡一番端详，看到一行字：确认已有身孕70余日，建议孕期不要同房……

阿兰没说错，江天强真是一个无耻的小人。他竟然脸一横，对阿兰说："你别光顾着找我，你怎么不去找找你心里一直想着的那个人呢，你们之间发生了什么，别以为我不知道，我又不是死人。"

汤阿姐来劲了，她说："天强，这个事情倒是要搞清楚的，你还没有结婚就戴绿帽子，那可是奇耻大辱啊！"

阿兰气得吐血，她说："那我要把这个小孩生下来。"接着她对江天强说："你父亲是像模像样的公社干部，我就让全

野藕记

公社人民看看，你们父子俩真是禽兽不如。"

她的这句话竟然把江天强的嚣张气焰打了下去，他最怕提他的父亲，他明白：如果这个孩子生下来，他父亲头上的这一顶乌纱帽肯定不保。

他很快打定主意：一定要把这个孩子打掉，一定不能让她生出来。

❖ • • • • • • • • • • ❖ • • • • • • • • • ❖

这个故事没完没了，汤阿姐想一走了之，江天强更是对阿兰"恨铁不成钢"，因为阿兰软硬不吃，所以他俩对她一时也无计可施。现在阿兰忽然说要去找江天强的父亲，他俩觉得这个事情便闹大了，那肯定把他俩的奸情牵扯进去。

汤阿姐只想自己脱身，所以她对阿兰说："你有没有想过，你怀孕了，应该把这件事情处理好，而不要把我牵扯进去，如果你硬要说坏我，那我可不是吃素的。"

然后，她伸手一把将江天强拉到门外说："不管她怎么说，我俩的事死不承认。"

江天强说："好的，打死我，我也不说。"

汤阿姐说："她现在怀孕了，这事肯定要让你父亲知道，她怀孕这事被外面人知道也没啥关系，现在谈恋爱的年轻人未婚先孕已经很多。"

江天强说："刚才你不是说我可能没结婚就被戴绿帽子，这个事情我还得搞搞清楚。"

汤阿姐说："这句话我是说给她听的，想吓吓她这个样子。"

江天强说："接下来，我该怎么办？"

汤阿姐说："她要见你父亲，你就带她去见，先把她带到外面再说。"

江天强说："我想好了，你真是我不错的阿姐，处理事情临危不惧。"

汤阿姐说："就这样吧，先把她带到外面再说。"

汤阿姐对江天强说了这一席话，她就离开走了，甚至于没与阿兰打一声招呼。江天强进入屋子里对她说："汤阿姐已经走了，这是她的办公室，万一少了东西，那是要报公安的。"

阿兰说："我以为你是一个有出息的人，没想到我眼睛瞎了，你还没结婚就在外面玩女人，而且比你年纪大的女人也要玩，那以后你什么女人不会玩呢？"

江天强说："你说我不好没有关系，但你不要说坏汤阿姐。不过，我向你认错，你意外怀孕，不应该怀疑你，不应该说被你戴绿帽子，我这么说你，我不是人。现在汤阿姐已

野藕记

经走了，我们也一块走吧，你一直不走，不吃晚饭肚皮饿坏，还得花自己钱看病，那犯不着的吧。"

阿兰有气无力地说："现在我只想把肚皮里的小人打掉，与你一刀两断，从此你天天与她在一块睡觉，我也不会说你半句话了，你看我肚皮里这个小孩怎么办？"

江天强说："阿兰，我真的对不住你，你说肚皮里的小孩打掉，那就打掉，但你不要离开我，像我这样会开车的人也不多的，你离开我就是你的极大损失。"

⦿ • ⦿ • ⦿ • ⦿ • ⦿ • ❖ • ⦿ • ⦿ • ⦿ • ⦿ • ⦿

你永远想不到的是，江组长得知未婚的儿媳意外怀孕了，他却不主张终止怀孕。他是这样想的，只要阿兰不说孩子的父亲是谁，最大的板子也打不到江天强的身上，那么也打不到江组长的身上。如果江天强与阿兰明确夫妻关系了，那可不能这样做，只能老老实实去医院把肚皮里的小孩打掉。

当阿兰哭诉道，江天强与汤阿姐赤膊抱在一块，被她亲眼目睹，江组长非但没有表现出一点义愤填膺的样子，而是随便地哈哈大笑，他对阿兰说："你这个事情讲出去要笑掉牙罐头（嘴下巴），江天强二十出头，追他的姑娘一只八仙桌也坐不下，他会去看中一个半老徐娘，或许你会说看中她手中的权力，但你得好好想一想，我江某人的权力难道不比她一个生产资料部部门副职的大？所以，你说江天强与她鬼混，我是坚决不相信的。"

江组长断然否认江天强与汤阿姐的不伦关系。

阿兰心想，有其父必有其子，这一对父子狼狈为奸，死不要脸。她说："我想好了，这个孩子生下来，我也无钱养活他，所以我要打掉的。"

江组长说："事情可以这样的，你把孩子生下来，大队啊公社啊对你罚款，你付出多少，我们就给你多少，只会给你多，不会少给你一分，小孩的生活费都是我们给你，过了这个风头你和江天强结婚，把小孩转到我家户口上，那就大功告成哉，就用不着这样遮遮掩掩了。"

阿兰坚定地说："我不干。"

至此，阿兰提出了两个要求：一个是江天强要如实讲清与汤阿姐的关系，因为这是自己亲眼所见，是无法掩盖的事实，他俩不可能只是拥抱那么简单，肯定做过更为羞耻的事情，这点必须对我有个如实的交代；二个就是肚皮里的小孩，这是非你莫属，这个你就是唯一的你，就是江天强你的，如果你江天强不承认孩子是你的，那么我就真的把他生下来，把这一件事闹大，那我也随便你们怎么办吧。

江组长说："你是横竖横拆牛棚，这事可不能这样干。关

野藕记

于江天强与汤阿姐的事，你不要想得那么复杂，如果你不放心他俩，那我就让江天强不在生产资料部开车，另外找一个单位，我看此事就这样解决，不要把简单的事情搞得那么复杂。关于你肚皮里的孩子问题，我相信你的为人，你对爱情比江天强忠贞，这是毫无疑问的，你说把孩子生下来，这也是可以的，以你自己个人的名义，不要牵涉到江天强，如果你不想把孩子生下来，我让江天强陪你去医院打掉，总之这个事情已经发生了，我的想法就是大事化小，小事化了，不要像老鹰做爱搞得天上都晓得。"

江组长说话像做报告一样，阿兰都听不进耳朵去。

⦿ • ⦿ • ⦿ • ⦿ • ⦿ • ⦿ • ⦿ • ❖ • ⦿ • ⦿ • ⦿ • ⦿ • ⦿ • ⦿ • ⦿

更为可气的是阿兰在江天强家里解决怀孕如何处理的事情，江天强却悄悄地出门了。阿兰初以为他是上厕所，可是等了半个小时他还不出现，便问江组长："江天强去哪里了，把我晾在这里干什么？"

其实，江天强溜走，江组长也并不知晓，他也是以为江天强是去上厕所。

那么，江天强去哪里呢？

他去找汤阿姐。

191

他找到汤阿姐住的楼房，打开房门一看汤阿姐并不在家里。这里说明一下，为了进出方便，汤阿姐给了江天强一把房门钥匙，他俩俨然像一对夫妻了。

他想，她或许在外面吃了晚饭回来，所以他想在此等她半个小时，如果到时她还不回来，再到外面去寻找她。

你猜不到的，汤阿姐除了江天强一个小情人外，她和她的同学潘为仁也有一腿，而且在江天强之前。潘为仁是粮管所副主任，当他获悉汤阿姐与江天强相好的事情后，他就找汤阿姐摊牌，对她说："你要我，还是要他？如果你要他，我就自动放弃，因为三角恋传出去不是好事情。"汤阿姐说："你是粮管所领导，我也知道与你好的女人不止我一个吧，那我与你就好聚好散。"

两个人就这样和平分手了。

也就是那天，汤阿姐和江天强在办公室亲热居然被阿兰亲眼目睹，事情没有处理好，她就悄悄走了。在路上她与潘为仁相遇了。

潘为仁说："老同学，好久不见，给个面子，一块上饭店喝酒。"

汤阿姐说："我与你上饭店吃饭，被别人看见，怕我有一百张嘴巴也解释不清。"

潘为仁说："那我们到隔壁公社上饭店，不会被熟悉的人

野藕记

看见了。"

汤阿姐说："你说的也是，那怎么去呢？"

潘为仁说："你坐我老坦克如何？你说同意，我就去推老坦克。""老坦克"，指老的自行车。

汤阿姐便答应了他，于是她坐上了他的那一辆老坦克。隔壁公社的饭店并不远，只有半个小时出头一点点，便顺利找到了那家饭店。

两个人找了一个冷僻的小饭店。

潘为仁对汤阿姐说："你喝白酒，还是黄酒？"

汤阿姐说："嘿嘿，我下面来了，不能喝酒，如果不来那东西，我可以陪你喝一盅的。"

潘为仁拍了拍大腿说："哎呀，你下面来那个东西，那我今天白白高兴一回了，真扫兴。"

汤阿姐说："我骗你的，你呀，你这个人还是原来的那个样子，像前世没有碰过女人似的。"两个人相视一笑，匆匆吃好晚饭，便去找旅馆寻乐去了。

江天强骑摩托到处找汤阿姐，他一直找到夜里 10 点也没有找到她，但他并不死心，这么晚了还来到汤阿姐的家里，

他想在她家守株待兔。

这回终于被他等到了。

他等到了两个人，一个是汤阿姐，另一个人是潘为仁。

汤阿姐做梦也没有想到江天强会待在她家中的。

而江天强想与她开个玩笑，所以他没有待在她的房间，而是待在另一间小房子里，他屏住呼吸，他想，总算她回来了，那今天夜里要好好抱她，过一把瘾。

而汤阿姐和潘为仁两个人小心翼翼开门，一进入门里，汤阿姐便说："今晚你就住在这里吧。"

潘为仁说："你老公万一回来，你让我翻窗吗？"

汤阿姐说："哎呀，我老公在海上。"

潘为仁说："你老公说不定也在抱女人。"

汤阿姐说："这个不会，因为海上哪有女人呀。"

潘为仁说："如果有女人呢，他玩女人，你感觉怎样？"

汤阿姐说："随便他啊，眼不见为净，再说只要他心里有一个家就行，至于找女人一夜情，就随便他了。"

江天强听见一男一女说话声，以为是汤阿姐老公回来了，所以他一个人待在小屋子里局促不安，万一他俩发现他，推门而入，那自己不就是束手就擒了么？

不能坐以待毙。

他打开窗户，正好窗口外面有一根落水管，他就顺着那

194

野藕记

一根落水管从三楼下到了地面。

他落荒而逃。

他回到家里，阿兰已不在了，应该是回家了吧，不知道她是什么时候走的，他想。而江组长夫妻却坐在堂屋等他。

"你到哪里去的？"江组长铁青着脸问道。

江天强显然在汤阿姐家里被吓着了，语无伦次地说："我，我的钱包忘记……"他谎说自己的一只钱包忘记在车子里，他不放心，前去拿钱包。

江组长说："那你出去要对我讲一声。"

江天强缓过神了，说："阿兰凶神恶煞的，我若对你讲我要出去一趟，她肯定不会放我走。对了，阿兰现在怎么说呢？"

江组长说："哎，你闯祸不小，你做的事情真的没脑子，一个你与汤阿姐相好，这事传出去，父母亲的面子都被你塌掉了，二个你把阿兰肚皮睡大了，这个要正确面对，这个事情拖不得，一拖肚皮越来越大，小孩生下来，那怎么办？"

天不怕，地不怕，江天强对父亲还是有点怕的，他承认自己的错误，表示父亲怎么说，自己就怎么做。

江天强的母亲说："我养着你这个不争气的儿子，大概是前世作的孽，你不是来报答父母的，而是前来讨债的呀。"

第二天早上，江天强出车前看见汤阿姐，问道："昨晚你老公回家了吗？"

汤阿姐说："没有啊，你为何这么说？"

江天强一下子明白了，说："那昨晚到你家的是谁？"

汤阿姐说："你哪里听到的？"

江天强说："我亲眼所见。"

奇怪，这个事情他怎么会看见呢，汤阿姐百思不得其解，她想。毕竟她见多识广，她很快想出了办法对付他。她说："哎呀，昨晚是我的弟弟来我家的，他和我弟媳妇吵架，没地方住，他说要住到我家，我做姐的能不让他住吗？我同意他来住，也可以劝他与弟媳妇和好，这不是一举两得吗？"

她的回答天衣无缝。

她又问："那你怎么知道这事呢？难道你是千里眼吗？"

江天强当然也不会对她说实话，所以他也随便说："我本想去你家找你的，但我在楼下看见你俩一块上楼，事情就是这样的。"

汤阿姐说："原来是这样啊，一场误会。"

顿了一下，她问道："阿兰怀孕的事后来怎么处理呢？"

野藕记

江天强说："她本人的意思要终止怀孕，我父亲也是这个意思，反正现在她怀孕才两三个月时间，我父亲说了这事有他处理，他准备找人劝说她，争取把这一件事情早点处理好！"

汤阿姐想了想说："以后你们要做好避孕措施，不然你们年轻气盛容易怀孕的。"

江天强说："那我不明白，我与你做了好几次，也没有什么避孕措施，那你怎么不怀孕呢？"

汤阿姐媚笑道："我已上环，你不知道吗？"

江天强说："我哪知道，不过你如果怀孕，我想你也不会找我麻烦的吧。"

汤阿姐说："如果我也找你呢？"

江天强说："我想你不会，你不会让别人知道，更不会让你老公知道，所以你会自己去打掉小人的，你说是不是？"

汤阿姐随便一笑，说："你真是我肚皮里的一条蛔虫，我的事情，我的想法你都知道了。"

江天强说："今天我去上海，你有空一块去吗？"

汤阿姐说不去，什么原因不去，她没有说，江天强也没有问。很可能昨晚她和潘为仁睡在一块，他俩云雨不断，或许她身子很疲惫吧。但她上班后，就骑车外出，她特地去粮管所找潘为仁，告诉他昨晚的事被她的同事看到了，以后彼此就不要往来了吧。潘为仁也很害怕，万一这个事情败露，很可能他这个粮管所副主任的位置不保。

人啊，人，有些事情不可说，真的不可说。

事后，汤阿姐暗自庆幸，自己和江天强亲热被阿兰看见，竟然能蒙混过关，还有自己带姢头到家过夜，被江天强看见也轻易对付过去了，她觉得自己是一个非常机智的女人。

她懂得"多行不义必自毙"的道理，所以她十分果断先行斩断了与老同学潘为仁的不伦之恋，当然她与江天强还想继续保持这一种情人关系，因为她内心讲也是喜欢"老牛吃嫩草"，再说她的老公常年在外，的确多少个漫漫长夜，这个女人很是孤独、很是寂寞。

那天下午3时，江天强出车回来了，他时刻担心着阿兰的事情，不知道父亲处理此事结束了没有？所以他想请假早退。汤阿姐见他来办公室，他还没开口，便提醒他："以后你白天尽量不要来我这里，有事情可以下班谈。"

江天强说："白天我一般都出车在外，很少来找你的。今天我找你想请假，让我早走，阿兰肚皮里的小人怎么处理的，我心里实在不安，很想知道这个处理结果。"

野藕记

汤阿姐说："你关心这个事情，说明你在走向成熟，我是看着你日渐成熟的，你处理各种问题的能力也比原来好多了。"

江天强一笑说："那是我得到了你的真传。"

汤阿姐说："要揩我油水的男人很多，我就真传你一个，你感觉幸福吗？"

江天强说："有时幸福，有时不幸福。"

汤阿姐说："你和我好，感觉不幸福吗？那我们就不要来往了。"

江天强说："我不是这个意思，我想说，像阿兰怀孕了，这让我感到头痛，我说的有时不幸福，就是指的这个事情。"

汤阿姐说："你想想你自己，年纪轻轻有两个女人陪你，你还能说你不幸福吗？"

江天强说："阿兰可对我生气了，这回她肯定会离我而去。"

汤阿姐说："但是她没有捉住我俩的把柄，她说出去也没有说服力，人家不会相信她说的话。"

江天强说："是的。"

汤阿姐说："不过，你不用怕，阿兰离开你，阿珍阿花阿妹一窝蜂会来找你，不知道你能不能招架得住？"

江天强说："可我父母亲还指望我早点结婚，早点好抱孙子。"

汤阿姐说："好啊，要不我给你生一个？"

江天强说："那可不行，你老公回来怎么办？"

汤阿姐说："我就不和他过，就和你过日子呗。"

⦿ • • • • ⦿ • • • • ⦿ • • • ❖ • • • ⦿ • • • • ⦿ • • • ⦿

石头和老四搭档摇运输，但老四不会游泳，所以他家人都不让他摇运输了。石头对老四说："到夏天，我教会你游泳。"

老四说："我年纪快四十了，学游泳多此一举。"

那天，老四回家睡觉，与石头讲好第二天早晨6时运输船出发。第二天早晨石头准时到了船上，可是老四到了时间还没到，过了半个多小时他还是没到。这下石头急了，不知道老四发生了什么情况，于是他跑到老四家看个究竟，只见老四在慢悠悠喝粥。石头说："讲好6时出发的，你怎么现在才在喝粥？"

老四说："家属不让我摇运输了。"

石头说："发生了什么情况？"

这时，老四的妻子走到石头跟前，说："老四是旱鸭子，万一掉在河里死了，你怎么办？"

野藕记

石头说："不可能出现这种情况，如果老四掉在河里，我不脱衣服就会跳到河里救他，不可能让他沉死的。"

老四的妻子说："如果你没看见他掉在河里呢，他还不是会被沉死？"

石头说："我和老四在船上基本上形影不离。"

老四的妻子说："那你写保证书给我，如果老四在船上出事情，一切有你负责任。"

石头说："我也无能力写这个保证书啊！"

但老四的妻子就是不让老四摇运输，如要老四继续去摇运输，执意要石头写下那个保证书。老四对石头说："你想办法去叫别人摇运输吧，我妻子的思想一时说不通，昨天我俩吵了一夜，睡觉眼睛都没闭一闭，我也实在没有其他办法可想。"

老四不愿出去摇运输，有人将这个情况告诉了王队长。

"人家都抢着要摇运输，老四这个赤佬有饭不吃捞粥吃，脑子是不是有毛病？"王队长说，他有点想不通，于是他来到老四家，想做做老四的思想工作。

石头看见王队长说："老四突然说不去摇运输，今天我讲好去苏州娄门装白糖黄糖，现在老四不去，真的把我难住了，今天肯定要被他们扣运输费了。"

老四对石头说："他们要扣就让他们扣，反正我还有两船

201

工资还没拿，随便他们扣钱吧。"

王队长说："扣你钱是小事，完不成运输任务那可是大事，到时大队和生产队都受到牵连，而且你信用不好了，以后就没有单位找我们的船运输了，这是有连锁反应的，我是知道这个道理的哟。"

老四的妻子对王队长说："队长，你大道理不要讲，你懂得那么多，你可以和石头搭档摇运输啊，又没有什么人挡在你面前不让你摇运输呢？"

王队长说："我们男人在商量大事情，你女人不要插嘴。"

⊙ • • • ⊙ • • • ⊙ • • • ❖ • • • ⊙ • • • ⊙ • • • ⊙

老四不想摇运输，石头拿他没有办法，他不知所措。王队长对石头出了一个主意。他说："大力气对我说过，他想摇运输的，或者你和他可以搭档摇运输。"

石头和阿兰相爱，大力气夫妻俩硬是将他俩拆开，主要是嫌弃石头家穷，对此石头对大力气夫妻俩耿耿于怀。不过，石头没与大力气夫妻俩正面交锋过，说白了就是"面和心不和"。

王队长知道大力气不许女儿阿兰与石头交往，但现在阿兰已经名花有主，她和江组长的儿子在交往了，所以石头与

野藕记

大力气也没有什么瓜葛，用乡下话讲就是"井水不犯河水"。

石头不置可否。

王队长劝道："做父母的哪个不爱儿女呢？所以，你也不要对他生气，再说大力气干活手脚蛮利索的，罱河泥他是生产队最好的把手，所以我看你和他搭档摇运输挺好的。"

石头说："如果他愿意的话，那我也接受他。"

王队长说："那好办了，我去看看他。"

他就兴匆匆地找大力气了。此时，大力气夫妻俩正在外河罱河泥，那只船在河中央。王队长在岸上向他们招手，大声叫道："把船摇过来。"

大力气把船摇到了岸边，但他并没有上岸，他说："王队长，你叫我有啥事情？"

王队长说："你不用罱河泥了，我让你去摇运输。"

大力气说："你叫我摇运输，真是西边出太阳哉。"

王队长说："现在不是开玩笑的时候，真的叫你去摇运输。"

大力气说："那么是不是我们夫妻搭档呢？"

王队长说："老四不会游泳，他家属不让他摇运输，你知道与谁搭档了吧。"

大力气想了想，说："老四不是与石头搭档摇运输的吗？"

王队长说："是的，老四不摇运输了，所以想叫你替代老四，与石头搭档摇运输。"

这时，新嫂嫂插嘴了，她说："好像与石头搭档不太合适，他看中我女儿阿兰，这事没成，他肯定对我们夫妻俩有一肚子意见，你说叫大力气与他搭档摇运输，哎，这不是自找麻烦吗？"

王队长说："新嫂嫂，你说得不对，我与石头交流过，他愿意与大力气搭档的，他是一个纯朴的小伙子，他的想法和为人没有你想象得那么复杂，我看大力气与石头搭档摇运输不成问题。"

大力气说："王队长，你说得也有道理，让我再想一想。"

⊙ • • • ⊙ • • • ⊙ • • • ⊙ • • • ❈ • • • ⊙ • • • ⊙ • • • ⊙ • • • ⊙

与石头搭档摇运输，大力气内心还是有些不自在，但在王队长的耐心劝说下，大力气说："那这一回我与石头摇运输，如果感觉好的话，我就答应，感觉不好的话，我还是回来罱河泥。"

王队长说："试试再决定，你这个想法对的。"

大力气说："那这一船河泥怎么办？"

王队长说："你上岸，去换身衣服，就去找石头吧。"

又说："这一船泥，我负责。"

野藕记

大力气说："哟，看在王队长亲自做农活的分上，我不去摇运输，真的对不起你了。我马上去找石头。"于是，那一只船马上靠岸，王队长替换大力气跳到了船上，而大力气纵身一跃跳到了岸上。

大力气换好一身衣裳，以最快的速度来到了运输船上，石头发响船上的机器，运输船终于出发了。

大力气说："石头，是王队长叫我来的，我还是第一次摇运输，所以不懂的地方，你对我说呀。"

石头说："你罱河泥有本事，这个摇运输不比罱河泥吃力的。"

大力气说："隔行如隔山，我真的对摇运输很陌生，你叫我做体力活还可以，叫我做饭洗碗也还可以，你叫我去接生意，与陌生人打交道，我肯定不行。"

石头说："那些打交道的事，暂时有我负责，你只要在船上与我搭档一下就可以了。"

他俩说了很多话，但话题谁都没有提起阿兰。石头对自己说，忘记阿兰，忘记初恋，好好运输，好好赚钱，争取早点把自己家的三间新瓦房造起来。有道是：有了梧桐树，不愁金凤凰。

运输船快到苏州城时，大力气问："今天，这一只船装什么货物？"

205

石头说："装一船红糖白糖，还有食盐等。"

大力气说："阿兰在副食品商店就是卖这些红糖白糖，还有黄酒和酱油什么的。"

石头说："这一船货物就是给阿兰这家副食品商店运输的。"

大力气转过身子，深深地呼吸了一下，说："世界上怎么有这样巧的事情呢？"

石头说："上次，我已经给这家副食品商店送过一船货物，这是第二次给他们运输了。"

大力气问："上次你见到阿兰了吗？"

石头说："我看见她的，她也看见我的，但隔得比较远，所以我和她没有说一句话。"

大力气说："这么说，今天我能见到她了，她已经有十几天没有回家了，不知道她过得好不好？"

⊙•·•·•·•·⊙·•·•·•·•◆•·•·•·•·⊙·•·•·•·⊙

阿兰不知道父亲和石头搭档摇运输，而大力气也不知道女儿已怀孕了。当运输船满载货物到达那个副食品商店时，阿兰吃惊地张大了嘴巴。

阿兰问大力气："爸，你怎么在运输船上？"

野藕记

大力气说："石头缺个搭档，我顶替一下。"

阿兰说："搬东西，你的腰受得了吗？"

大力气说："我罱河泥行的，搬这个东西不累。"

阿兰说："与石头合得来吗？"

大力气说："以前对他有些误解，他这个人还可以，在船上叫我歇着，船上的事情都是他做，小伙子应该人品还可以吧。"

石头从船上搬了一箱酱油走到岸上来。

大力气说："我也要搬东西了，等搬好东西我有些话想对你说。"

阿兰说："爸，今晚我要回家的，以后我就回家住了。"

大力气一听女儿这个话，感觉苗头有点不对，说："你是不是与江天强闹矛盾了。"

阿兰说："他根本不是人。"

大力气说："是不是我家穷，他看不起你呢？"

阿兰说："爸，你先搬东西，夜里我再向你详细说说。"

大力气搬一箱黄酒时，由于心不在焉，他在走船跳板时，脚下一滑，这一箱黄酒都打翻在河里了，还好他力气大，脚劲好，人没有滑倒。

女店长看见了，对大力气说："这一箱黄酒要在你们的运输费里扣，你搬东西时怎么不小心一点呢？"

大力气说："等搬好东西，我会下到河里摸黄酒的，我估计一箱黄酒瓶碎不了几个。"

当时已是初冬，河水冷冷的。女店长说："我可没叫你下河去摸，冻坏身子你自己负责。"

大力气说："当然是我自己负责。"

当时，阿兰在店里面，这是她不知道的事，而女店长也并不知道这个男人就是阿兰的父亲，如果她知道他是阿兰的父亲也不会要扣他的运输费。

当一船东西搬好了，大力气想脱衣服下河。石头对他说："我来下河。"不由分说，他脱了外衣就下到了河里，把一箱12瓶黄酒都摸了上来，最后发现一瓶黄酒也没有碎。

石头从河里爬上岸，嘴唇都冷得发紫了，还好船头里他带着换洗的内衣，他连忙跑到船头里换好了衣服。

这个事让大力气很受感动。

大力气对阿兰说："这一箱黄酒是我打翻在河里的，我想下河摸，石头抢着下河摸了，我心里真的有一种对不住他的感觉。"

阿兰说："石头就是好小伙，现在你相信了吧。"

当女店长得知他是阿兰的父亲时，她神情尴尬，不好意思地对大力气说："你和我讲一声，就说你是阿兰的父亲，我就不会对你那么吼了。"

野藕记

大力气说："我摔坏东西应该受到批评。"

阿兰对女店长说："你说我父亲几句不要紧的，只是我村上的那个小伙子下河摸酒瓶，他的身子被冻着了。"

女店长说："那他不会生病吧，真是过意不去。"

继而，她对阿兰说："你搬一箱黄酒到船上，让那个小伙子回家喝几口酒，暖和一下身子，如果他真的生病，我真的对不住他啊。"

女店长自己搬了一箱黄酒到运输船上。

大力气自是千恩万谢。

当天，阿兰下班后没去江天强家。当她骑自行车到家时，大力气还没有回到家，因为运输船的速度比不上她的自行车。新嫂嫂见到阿兰便问："你今天怎么想着回来呢？"

阿兰说："我与爸爸讲好今天一块回家的。"

"你在哪里看见你爸呢？"

"在我们商店里啊，我爸和石头的运输船给我们商店送过来货物。"

新嫂嫂说："天下世界有这种碰巧的事啊，不过，想一想，也是蛮开心的。以后，是不是你父亲的运输船就给你们商店运送货物呢？"

阿兰说："是的，我们商店的货物应该是包给父亲和石头这一只运输船哉。"

新嫂嫂说："我在想，你爸给你们商店运输货物，那能不能在船舱里留一点货物拿回家呢，这样家里不是可以少些支出了啊？"

阿兰说："妈，你这是贪心，你叫父亲留下货物，就是让父亲手脚不干净，这种事情可要不得。"

新嫂嫂说："哎哟，我不与你说话了，你父亲就要回家，我要马上做晚饭，你父亲在外面摇运输也挺辛苦的呀。"

新嫂嫂跑到房间拿了钱包便向村西口的一只渔船跑去，她去买鱼虾。她前脚刚走，大力气就回到家了。大力气问："你娘人呢？"

阿兰说："她去买鱼了。"

大力气说："你娘对你真好，你回家就买新鲜鱼给你吃。"

阿兰说："我妈说，今天你回来，所以才去买鱼的。"

大力气说："阿兰，你和他还没结婚，住到他家，会不会被他们看不起呢？"

阿兰报以苦笑，说："爸，以后我就不到他家住了，他在外面有女人的，真的，我对他一点好感也没有了，所以我想好了，我要与他彻底分开！"

野藕记

　　阿兰说江天强外面有女人，她的声音并不响亮，但大力气听得清楚，他不相信自己的耳朵，又问道："这种话不能随便说的，你是怎么知道他外面有女人呢？"

　　阿兰说："爸，这我是亲眼所见。那天，我看见他赤膊和汤阿姐抱在一起亲热，汤阿姐上半身的衣服也不见了。"她说的后半句应该有出入，汤阿姐不是上半身的衣服不见了，而是她的胸罩不见了。这个阿兰说得有点不对，可见此事对她打击太厉害，让她的记忆都出错了。

　　新嫂嫂也围了过来，她说："汤阿姐是谁？"

　　阿兰说："她是生产资料部的领导，是我老单位的一个头。"

　　新嫂嫂又问："她有多大年纪了？"

　　阿兰说："三十多岁，孩子都有了。"

　　新嫂嫂说："那江天强怎么会与她好上呢？"

　　阿兰说："我也不晓得他们是怎么好上的，但他们抱在一块亲热是我亲眼目睹，即使我亲眼目睹，那江天强还不承认，这个人道德品质极差。"

　　大力气对阿兰说："如果他真是这样的人，你与他断绝恋

211

爱关系是可以的。”

新嫂嫂说："他爸可是权力大，我们一家人像小鸡似的命运都捏在他的手掌里。"

大力气说："这个你不用怕的，他是共产党的干部，做坏事也不会明目张胆。"

新嫂嫂说："是呀，就怕他在暗地里使坏。"

大力气说："不说他，还是听女儿怎么说。"

阿兰觉得有必要将自己怀孕和终止怀孕的事情告诉父母亲，不然他们心中无数，如果再出什么新情况，不知道如何处置。她说："是我不好，被他占了便宜，我现在怀孕了。"

大力气和新嫂嫂都跳了起来。

"你怀孕了吗？"

"这不会是骗我们父母亲吧。"

阿兰说："是的，我对你们说的是实话。不过，现在肚皮里的孩子，我找医院打掉了。更可气的是江天强胡说我这个孩子不是他的，这种话他竟然说得出口。"

"这个小畜牲，我一铁锹铲死他。"大力气怒火中烧。

"你可不要这样，你铲死他，自己也要吃子弹的，我倒是担心女儿接下来的工作……"新嫂嫂说，她的脸上笼罩着忧郁。

阿兰说："如果副食品商店让我走，我就走，我宁愿回到

野藕记

生产队种田，再也不想见到他。"

大力气说："哎，这小子让你怀孕，我们不能这样便宜他。"

"对，不能便宜他。"新嫂嫂咬牙切齿道。又说："这事最好不要被外面人知道，女儿名声比金钱重要。"

⦿ · · · · · ⦿ · · · · · ⦿ · · · · · ⦿ · · · · ❖ · · · · ⦿ · · · · · ⦿ · · · · · ⦿ · · · · · ⦿

听阿兰说她把肚皮里的孩子打掉了，新嫂嫂还是表示不舍得，用她的话说："这是女儿身上掉了一块肉肉"。她对阿兰说："我要去大队找江组长，这事可不能这样结束。"

大力气说："你这样去大队一闹，等于告诉全大队社员女儿未婚先孕，你说这样叫女儿以后怎么找对象嫁人呢？"

新嫂嫂说："江组长他是公社干部，应该有思想觉悟，他生了儿子却不管儿子，还把我的女儿肚皮睡大了，我这一口气怎么咽得下去呢？我要找他算账。"

大力气说："我的意思是可以找他，但不能到大队部，应该直接找到他的家里，或许我们可以关起门来商量解决这个问题。"

又说："后天我就要出门摇运输，要去找江组长要么明天就去，不然我没有时间去了。"

213

新嫂嫂说："那明天早上就去。"

新嫂嫂又说："我晓得江组长上午8点半到大队部，所以我们要赶早到江组长家里，不然他到大队部，我们又不可以到大队部找他，如果与他理论，他叫来基干民兵，那我们就是上门送死。"

新嫂嫂说："你定好闹钟，早晨5时一定要起床哉，然后我来烧粥，吃一碗粥再去找他，不然不吃粥也没有力气与他理论。"

阿兰听父母亲说要到江天强家去，她并没有反对，只是讷讷地说："你们去，我不去。"

大力气说："你认得他家，我和你娘不认得他家啊？"

阿兰说："他家在向阳布店东面，最东面是邮局。"

大力气说："这样吧，你一块去，到了那里你指给我们看，让我和你娘再寻上门去。"

阿兰说："那明天早晨我领路。"

既然是找江组长讨说法，所以吃过晚饭后大力气、新嫂嫂和阿兰一家人坐了下来，大力气就是想摸摸阿兰和江天强交往的情况。

新嫂嫂说："江天强伤天害理，所以江组长应该感觉理亏，我们不怕他。"

大力气对她说："事情并没有那么简单，江组长死鱼能说

野藕记

成活鱼，我和你两张嘴巴合起来也说不过他。"

新嫂嫂说："你别这样说，我们不求他，只要给一个说法，我女儿年纪轻轻，为你儿子大了肚皮，你看怎么办？"

大力气说："我就是这样想的。现在我想好了，如果他不理睬我们，不给一个让我们满意的说法，我就一头撞死他。"

大力气哈哈笑了，又说："啊，你有本事。"

新嫂嫂也只是口头说说，真的面对江组长，恐怕她连话都不会说。

⊚ • • • ⊚ • • • ⊚ • • • ⊚ • • • ❖ • • • ⊚ • • • ⊚ • • • ⊚ • • • ⊚

第二天早晨4时许，新嫂嫂就起床做早饭，过了十几分钟，大力气也起床了，他一口气喝了两碗粥，阿兰说不想喝粥，所以她没有吃早饭。匆匆吃过早饭，一家人就上路了。大力气和新嫂嫂步行，阿兰推着自行车跟在他们后头。

到江组长家约3公里路，所以差不多6时半他们便来到了江组长家附近。

在江组长家不远处，阿兰指着江组长家说："那就是。"

大力气说："这样吧，你就一块跟我们过去。"

新嫂嫂说："你有啥想法可以与他们当面讲清。"

阿兰说："我真的不想见到他们。"

大力气说："有父母在，他们能对你怎样？"

新嫂嫂说："我们是社员群众，江组长是公社干部，只有他要让着我，因为他做坏事，我相信组织上会处理他。"

阿兰说："妈，你不要提他干部什么的，这只是我与他儿子的私事，我只想两人平静地分手。"

大力气手一挥，说："走，我第一次上这家人家，也是最后一次去。"

新嫂嫂说："以后，八大轿子抬我也不上他家。"

阿兰像一只小兔子乖乖地跟在他俩的后头。一家人刚走到江组长的家门口，江组长刚好提了一只黑色公文包走了出来，他的头发抹了油很亮。

他伸手一撸头发说："你们来干什么？"

大力气说："你儿子把我女儿肚皮睡大了，这事你要搞大，还是想搞小？"

江组长说："这，这个肚皮里的小孩不是已经打掉了吗，你们还想怎样？"

新嫂嫂说："我女儿是黄花闺女，你儿子把她肚皮搞大，还一脚踹开她，你让她以后还有脸做人吗？还有哪个好小伙子愿意娶我女儿吗？"

江组长说："你们听我说，这是小孩子们之间的事，我们作为大人具体发生了什么，谁对谁错，你不清楚，我也不清

216

野藕记

楚。但我晓得你们女儿自己去医院把小孩打掉了，这是她自己的个人行为，她也是成年人，又不是未成年人，所以她应该对自己的行为负责，而不应该责怪到我儿子的头上，你们说是不是这样一个道理？"

大力气火了，说："你像鸭子放屁，是你儿子把我女儿肚皮睡大的，你儿子没有责任，难道是别人的责任，不怪你儿子那你说应该怪哪一个？"

江组长说："问题是出了这个事情，我儿子没说不要你女儿，是你女儿自己提出分手的，这个能怪我儿子吗？"

大力气说："你儿子与有夫之妇鬼混，我女儿还能和他好下去吗？"

江组长说："你们女儿自己去医院打掉孩子的，我倒是劝她不要冲动，不要急于打掉孩子，你们可以问问她。"他真是老奸巨猾，将所有责任都推向阿兰。

大力气说："不管怎样，我女儿是亲眼看到你儿子和别的女人鬼混才要结束这一场恋爱的，所以先有错的是你的儿子，再说你是公社干部，你没有教育好儿子，你也有推卸不了的责任。"

江组长说："我有什么推卸不了的责任，相反你们半路拦住我上班，你们才是大错特错。"

说着，他手一推，想走人。

大力气反应很快，马上站到他的面前，将他拦住。他说："事情没解决，你别想走人。"

江组长说："你如果再拦住我，我到大队部后，不会让你太平无事的，我告诉你，我叫几个民兵把你捆到大队部，原因就是你半路拦住我，不让我干革命工作。"

大力气说："有本事，你现在就叫民兵来。"

江组长说："那你有本事跟我一块去大队部。"

大力气说："我们不去大队部，因为未婚先孕是一件丑事，所以我们不想让社员们知道，这也是为你儿子考虑，毕竟他也是要寻找对象的。"

江组长说："我儿子找不找对象，这个不用你考虑。"

新嫂嫂插嘴说："那你得为我女儿考虑考虑吧，若人家听说我女儿弄掉了小孩，你说正经一点的人家还会娶我女儿吗？"

江组长说："现在你女儿自己终止怀孕了，外头没一个人知道，这样处理不是很好吗？"

大力气说："我现在倒是懂了。"

江组长说："莫名其妙，你懂了什么？"

大力气说："我明白你是敷衍、敷衍……"

阿兰接过父亲的话茬说："敷衍塞责。"

大力气说："对了，我明白你就是敷衍塞责。"

野藕记

江组长说："我有我的工作方法，我干工作从不敷衍塞责，不过对付你们这种不讲道理的人，你说我如何如何那又有什么关系呢？"顿了一会儿，他又说："你们让开，不要影响我上班。"

他想夺路而逃。

大力气伸手位住了他的公文包，结果那一只公文包撕坏了。江组长说："你拉坏我的包，现在你怎么说？"

大力气说："包有价，我可以赔你，但你儿子把我女儿肚皮弄大，你怎么赔我们？"他的手继续拉着那一只包，并没有松手。

⊙ ● ⊙ ● ⊙ ● ⊙ ● ⊙ ● ❀ ● ⊙ ● ⊙ ● ⊙ ● ⊙ ● ⊙

这时，围过来看热闹的人越来越多，有认识大力气的人，但更多是认识江组长的人，正好王队长也经过这里。

江组长见到王队长像见到救命稻草一样，拉住他说："王队长，你劝劝他们，让他们马上回去，我急着要上班，而且这么多人看热闹，这个影响对我，还有对这个小姑娘都很不好。"

王队长说："你们两家小孩不是谈恋爱很好吗？怎么会闹成这样。"

江组长说："这个事情一时讲不清楚，你劝劝他们，我答应他们找时间坐下来讨论这个事情如何处理，但半路上没办法处理这个事情，人要讲道理，不可这样蛮不讲理。"

王队长便问大力气和新嫂嫂："你们有什么要求可以对我说，到时我和你们一块去找江组长，你们想一想，江组长是公社干部，他也是经常要来我们大队的，他又不会出国，又不长翅膀，所以你们放心，不要挡住他的路，让江组长走人。"

大力气平常与王队长关系蛮好，他心里是认可王队长的，所以他的态度有些软了，他说："既然队长这样说，我做事情也留有余地，就让他走，但这个事情还是要找他解决的，我女儿不能白白遭受这个痛苦。"

王队长说："好事不出门，坏事传千里，毕竟这是你们两家的私事，所以大事要化小，小事要化了。"

大力气说："我听你的。"

新嫂嫂也说："王队长，我也听你的。"

只见江组长夹了那一只黑色公文包灰溜溜地走了。

王队长和大力气夫妻则一起往回走。

"大力气，你今天怎么没有出门摇运输？"王队长边走边问。

"今天没货运，明天一早要出门摇运输。"大力气如实答。

野藕记

"与石头搭档怎么样？"王队长问。

"还不错，石头吃苦精神好，而且船上的重活他抢着干。"大力气说。

"那我就放心了。"王队长说，他的神情是愉悦着的。因为是他向石头推荐大力气摇运输的，就像一个"媒人"。接着，王队长问："阿兰和江组长的儿子为什么事闹成这样啊？"

大力气说："那小子不地道，年纪轻轻就与别的女人鬼混。"

王队长说："这是听说的吗？"

大力气说："不是，是阿兰亲眼所见。"

王队长说："那好，应该与这种人分手，不然以后结婚了，谁管得住他。"

大力气说："哎……"

一场风波过去了，倘若不是王队长的出现和他的劝说，不知道这一场风波怎样收场呢？大力气半路拦江组长，而且扬言还要找他算账，这让江组长内心极不舒服，本来这天中午他与几位干部约好到一只渔船喝酒，但他的心思不在喝酒上

了，他预感这件事倘若不妥善处理好，则会越闹越大。

江组长便直接来到了大队部。他看到钱书记的办公室门开着，便走了进去。钱书记连忙起身："江组长，你讲今天不来的，怎么还来呢？"

江组长说："是啊，本来中午讲好喝酒的，现在遇见一件麻烦事需要处理，所以只好放弃了。"

钱书记说："这样吧，我叫人去街上饭店买点猪头肉、花生米，我请你喝酒。"

江组长说："今天不喝酒，这一件事情还要你出面，等解决好这一件事后，我像模像样请你到饭店上喝酒，我家里有珍藏的茅台酒，也是朋友送给我喝的，我自己舍不得喝，我请你喝茅台。"

钱书记说："不瞒你说，我还没有喝过茅台酒呢。"

江组长说："茅台酒是酱香型酒，我倒是喝过几回。"

钱书记说："为了早点喝上你的茅台酒，你有何事尽管吩咐。"

江组长看看门外，对他说："今天早晨我刚出门，就被大力气夫妻，还有他们的女儿拦住了，幸亏王队长经过，他劝架拉开了他们，我才得以脱身，不然今天早晨我可出尽洋相哉。"

钱书记很惊诧："你们两家小孩闹别扭了吗？"

野藕记

江组长说："两个年轻人闹点别扭，自愿分手，这很正常啊，可没想到大力气夫妻竟然出面来纠缠我，我是领导，倘若与他闹吧，被上级领导知道此事，对我形象不好，倘若对此置之不理吧，他们会得寸进尺。"

钱书记说："这么说你的儿子与大力气的女儿已经分手了，我说得对不对？"

江组长并不否认此说，他说："两个年轻人和平分手的，此事已经过去好几天了，但我不知道大力气夫妻还想闹事，他想闹出什么东西呢？"

又说："钱书记，你出面去找大力气夫妻俩谈谈，听听他们有什么想法，这一件事情如何处理，说实话，夜长梦多，这一件事情我不想拖着不办，我想快刀斩乱麻。"

钱书记说："好的，我现在就去找大力气夫妻，在我看来，大力气夫妻为人还是可以的，从来不与别的社员吵架，而且对队长分配的农活都是积极主动做的。"

江组长说："他没有你说得那么好，我已经领教过了。"

钱书记想让民兵营长把大力气叫到大队部的，但这事是有求于大力气，这可不能得罪他，因为得罪大力气，这个事

情就处理不好，最后就是得罪江组长了。

因为是关于婚姻纠纷，所以钱书记想还得叫大队妇女主任查三妹。

钱书记对查主任说："跟我去找大力气。"

查主任说："大力气不是与石头到外面摇运输了吗？"

钱书记说："今天大力气没有在外面摇运输，早晨他一家三口人把江组长围堵在半路上，我就是去找大力气摸摸他的真实想法。"

查主任："这个事情我有点了解，你不能责怪大力气，因为听说江组长的儿子年纪轻轻，作风不太好。"

钱书记说："这小子婚都还没结，怎么就出现作风问题呢？"

查主任说："也好，今天我们去摸摸情况，这样可以对症下药。"

钱书记说："江组长说把这一件事情处理好，他要请我喝茅台酒，到时你也一块喝酒。"

查主任说："我不喝酒，一个女人和你们男人一块喝酒，这事传到我老公两只耳朵里，这不是让我们夫妻俩打架吗？再说，这种茅台酒很贵重的吧，有的喝这么贵的酒，还不如买两瓶麦乳精给我吃，这个麦乳精还是有些营养价值的啊！"

钱书记说："这种好酒你尝一尝，一般的人可是这种酒味

野藕记

道想闻也闻不着，我一点不夸张地说。"

两个人边说边走，当经过一座小木桥时，正好与新嫂嫂碰头。查主任说："新嫂嫂，我和钱书记正好去找你和大力气，他人在哪里？"

新嫂嫂说："大力气找石头去了，明天要出门摇运输。"

查主任说："你能把大力气找到这里来吗？"

钱书记断然否定，他说："万一半路杀出程咬金怎么办？有些事情需要做笔录。半路上要笔，笔没有；要纸，纸没有。所以还是找一个地方坐坐吧。"

查主任说："那到哪里办公？"

钱书记想了想，问新嫂嫂："你说到哪里好呢？"

新嫂嫂心直口快道："别的地方不要去了，你们就到我家办公吧。"

查主任说："你有笔和纸张吗？"

新嫂嫂说："你以为我和大力气识字不多，家里就没有笔和本子吗？你真是太小看人了。"

查主任对新嫂嫂说："那一言为定，我们几个人分头寻找大力气，不管找到他，或者没找到他，那我们都到这里会合……"

查主任说大家到这个小木桥会合，钱书记当即指出，不用到小木桥了，干脆直接到大力气家会合吧。

大家说好。

新嫂嫂说："那我先回家，家里乱七八糟的，踏脚不下。""踏脚不下"，苏州话的意思是地面不干净。

钱书记对她说："好的，你烧好开水，我嘴巴干了。"

新嫂嫂说："我家好茶没有，汤罐水还是有的。"

她笑了。

钱书记和查主任也笑了。

那么，大力气去哪里呢？

原来，大力气去买肉了，此时他提了一块猪肉正笃悠悠往家走。

查主任老远就看见他，她对钱书记说："你看，那个走过来的人应该是大力气。"

钱书记说："你眼睛尖，这么远就能看清是大力气啊！"

查主任说："你看，他个子特别高，整个生产队他应该是个子最高的一个。"

钱书记说："你是妇女主任，怎么对男人也很了解啊？"

野藕记

查主任说："妇女工作离不开男人啊，比如，计划生育就是男人女人共同的事，孝敬老人也是男人女人共同的事，哪一样事情不是男人女人共同的事情呢？"

这时，大力气走近了。

查主任像中了状元一样高兴地对钱书记说："真是被我说对了，就是大力气。"

钱书记和查主任快步迎了上去。因为大力气和钱书记、查主任平常关系尚可，所以大力气看见钱书记满脸笑容，感觉有些意外，但他估计他们肯定是江组长差来的吧，所以他并没有表现出异常的激动。

钱书记说："大力气，买了猪肉请谁吃饭呀？"

大力气说："自己吃，一个多月没买肉了，难得买一次肉被你看见。"

钱书记说："一个多月买一次肉，时间长了一点，一个星期买一次肉才好。"

大力气说："一个星期买一次肉当然好，但要拿得出钞票啊，拿不出钞票只好看别人买肉吃。"

钱书记说："你现在摇运输，我想一个星期买一次肉应该买得起的吧。"

大力气嘿嘿一笑说："老实说，是买得起的，但心里花钱买肉吃还是有点不舍得，饭每天不能不吃，这个肉吃不吃倒是无所谓的。"

钱书记也笑道："走，今天到你家吃红烧肉去。"

大力气张了张嘴巴，一时没说出话来。

查主任抢着说话了，她对大力气说："大力气，你不欢迎我和钱书记到你家吃饭吗？我晓得，你是蛮大气的，不会这么小气吧。"

大力气说："好啊，欢迎到我家吃饭，不仅做红烧肉，家里还有半只咸鸡，今天我家的菜还可以的。"

钱书记和查主任跟着大力气一块来到了他家。大力气一到家里，把一块猪肉往灶台上一放，对新嫂嫂说："钱书记和查主任要在我家吃饭，你做一顿红烧肉，还有半只咸鸡拿出来清蒸吃。"

新嫂嫂说："好的。"

钱书记却连连摆手道："大力气，我跟你开玩笑的，我们要回大队部吃饭。"

大力气说："这可不行，不吃饭不让你们走！"

钱书记说："江组长在等我们回去。"

大力气说："他们父子不是人，让他等。"

野藕记

钱书记说："大力气，你这种话不要说，讨嘴巴上便宜没有什么意思。"

大力气说："我是实话实说。"

新嫂嫂手指了指大力气，说："你呀，吃亏就是在你一张嘴巴上。"

大力气回敬她道："你烧饭去，你这一张嘴巴不比我好到哪里的。"

新嫂嫂很热心，她端出两碗热水放在吃饭的桌子上，对钱书记和查主任说："家里没有茶叶，喝一碗白开水吧。"

大力气说："船上有炒好的麦子，我去拿。"

过了五六分钟，他回来了，说："我在船上，就是喝这个大麦茶，很解渴的。"

钱书记说："这个大麦茶是买的吗？"

大力气说："不是，是石头炒的。"

钱书记说："石头会炒大麦茶？"

大力气说："是的，他说工地上吃的大麦茶都是他炒的。"

钱书记说："这个小伙子人不错，苦就苦在他家经济条件差些，但从长远讲他家经济条件会翻身的，因为他是手艺人，挣的钱比别人多一些，主要他还愿意吃苦。"

大力气说："是的，以前不知道他，现在我与他一块摇运输，觉得这个小伙子人品不错，船上苦和累的活，他总是抢

229

着干。"

查主任与大力气开玩笑道："那你把女儿阿兰许配给他吧。"

大力气苦笑一声，说："女儿与江组长他儿子的事是长是短还没有了结，最主要的是这一件事把我女儿的名声搞坏了，老实说对她找对象有妨碍。"

查主任说："所以，尽快把这一件事情处理好，拖着不解决，对谁都不好。"

钱书记说："我和查主任受江组长所托，今天上门来找你，就是想与你坐下来解决此事，江组长的意思是不要把事情扩大化，关上门能解决的，不要找组织上解决，今天能解决的，不要拖到明天解决。"

大力气对钱书记说："你理论一大套，我听不太懂。"

大力气说钱书记"理论一大套"，换作平时钱书记肯定要板面孔，要对大力气说两句批评的话，但这回是受江组长之托劝说大力气息事宁人，所以钱书记自己先息事宁人了。

他笑了一下，说："那就直截了当对你说吧，你半路上拦江组长是想达到什么目的？"

野藕记

大力气说："他儿子一边与我女儿谈恋爱，一边与别的女人鬼混，不知道他是怎么管教儿子的？"

钱书记说："你说他儿子与别的女人鬼混，这是要有证据的，没有证据那是诽谤。"

大力气说："这是我女儿亲眼看见，不会错的。"

钱书记说："你女儿看见，拿得出什么证据吗？"

大力气说："我女儿看见就是铁的证据。"

钱书记说："看见没用的，要有证据才有说服力。"

大力气说："这么说这小子鬼混拿他没有办法吗？"

钱书记说："没有证据，你真拿他没有办法，除非拿得出证据才行。"

大力气说："这小子无法无天，难道我女儿就这样被他白白欺负吗？"

钱书记说："大力气，如果你肯听我的话，倒是有一个主意可以对你说的，不知道你愿意还是不愿意听我？"

大力气问："你有什么主意？"

钱书记说："你没听懂我的话吗？我是说你如果肯听我的话，我才会对你说这个主意，否则我不会对你说这个主意，再反过来讲，即使我对你说了，你不听那不是我白说了吗？"

大力气说："你又是一堆大道理。"

钱书记脸一沉："那我不说了。"

查主任见缝插针，对大力气说："你乱讲了，钱书记为你好才给你出主意，而你怎么脑袋瓜不开窍呢？"

大力气说："算我脑袋瓜不开窍，那是什么主意先讲给我听，然后再让我想想是听还是不听？"

钱书记想了想，说："那也是可以的。"

大力气说："那你讲给我听。"

钱书记说："现在江组长的儿子与你的女儿分手是肯定的，这个不用怀疑吧。"

大力气说："这个不用怀疑。"

钱书记说："说起来，总归是你女儿受到伤害了，有道是堤内损失堤外补，我看就叫江组长拿点钞票出来就算数吧。"

大力气说："我女儿的清白是无价的。"

钱书记说："这个我知道，但你说无价，江组长又不是皇帝，他若是皇帝可以割一块地给你，他也只是一个小小的工作组组长，他的收入也很有限，所以我的意思就是赔给你一只肉猪算了。"

大力气说："赔我一只肉猪说出去要笑死人的。"

钱书记说："不是真的赔你一只肉猪，而是赔你相当于一只肉猪的钱，你说可好？"

大力气当然知道一只肉猪的市场价，他想了想说："我找我妻子商量一下，再答复你好不好？"

野藕记

新嫂嫂正在灶间做饭，满屋子都是红烧肉的味道。大力气声音很低地说："钱书记说让江组长赔偿我们一只肉猪钱，你看是多还是少？"

新嫂嫂说："你这人真是的，即使赔给我们两只肉猪钱也不会说多啊。"

大力气说："你的意思是赔得少了吗？"

新嫂嫂说："我没说赔得少啊。"

大力气有点不耐烦了说："那你说赔多少比较好呢？"

新嫂嫂说："赔一只肉猪钱是至少的。"

她忽然想到了什么，接着说："你说赔赔赔的，这个不能叫赔，应该叫补偿，叫赔说出去难听的，要坏掉我们名誉的，而叫补偿好一点，因为女儿被人欺负，补偿一点精神什么的损失也是说得过去的。"

大力气说："有道理。"

新嫂嫂拉开了锅盖，那红烧肉热气腾腾。大力气说："好香啊，红烧肉熟了吗？我想吃一块。"说完，他伸手往铁锅里抓。新嫂嫂一把将他拉开，说："你不要命了，你这样要烫坏手的。"

233

就这样，大力气红烧肉没吃着，被新嫂嫂一把推到了门外。即使这样，大力气脑子里还在琢磨，究竟要如何回答钱书记呢？他来到了钱书记面前。

钱书记说："新嫂嫂怎么说？"

大力气说："她说，至少补偿给我们两只大肉猪的钱。"

钱书记说："补偿，你大老粗还会咬文嚼字啊！"

大力气说："补偿这两个字不是我想出来的，是我妻子想出来的。"

钱书记说："说补偿也可以，但要补偿给你们两只大肉猪的钱可能有点困难，我和查主任来时，江组长交代过的，补偿一只肉猪的钱就答应你们，补偿两只肉猪的钱我们无权答应你们了。"

大力气说："有些话我不想说，江组长的儿子真是人渣，把我女儿……"这时，新嫂嫂也走了出来，她对大力气眼睛一瞪道："你想说女儿啥？"

大力气连忙说："我不说，我不说了。"

钱书记还想争取一下，如果他能说服大力气夫妻两人，平静地解决此次纠纷，也算是为江组长立下一个汗马功劳。他突然来了一个灵感，这回乡里拨给大队20根便宜木梁，何不把这一个便宜送给大力气呢？

钱书记说："大力气，你在准备造房子吗？"

野藕记

大力气说："砖头和石头都准备好了，接下来挣的钱想准备一二十根木梁。"

钱书记拍拍他的肩膀说："大队有 20 根便宜木梁可以给你，但前提是你就答应江组长补偿你一只肉猪钱吧。"

大力气夫妻俩商量下来同意了钱书记的这个想法。

钱书记备受鼓舞，他对大力气说，这事这样平静地解决，其实最得利的是你女儿，相信你女儿仍然能有幸福的爱情。

因为此事和平解决，所以钱书记答应坐下来吃这一顿午饭。大力气拿出一瓶粮食白酒，非要请钱书记和查主任喝酒。钱书记说："中午可不能喝酒，这是乡党委的规定，我可不能违反。"

大力气说："少喝一点，乡党委哪会知道？"

钱书记说："那我就喝个一两白酒吧。"

结果酒杯端起来，钱书记就喝了差不多半斤白酒。还好，他酒量大，半斤白酒也没有醉，只是脸色通红，说话也比平常声音响了许多。

钱书记对大力气说："江组长是乡干部，我都要巴结他，所以此事这样处理，他会满意的。"

大力气对钱书记说："我真的看在你的面子上，不然我与他没完，因为他儿子太欺负人了。"

钱书记说："你记着我的话，好汉不吃眼前亏，江组长就是一棵大树，我和你都是大树下的小人物，只好让着点他，最终是不会吃亏的，如果你偏要与他作对，最后你什么也不会得到。"

新嫂嫂看桌子上一碗红烧肉没了，又把另一碗红烧肉端了出来，本来这一碗红烧肉是想留给女儿吃的，但新嫂嫂是个直爽人，只要有人对她好，她是愿意为你掏心掏肺的一个人。

查主任对新嫂嫂说："这是我吃过的最好吃的红烧肉，你是怎么做的呢？"

新嫂嫂说："还是缺少调料，如果放一点红糖，这个红烧肉还要好吃。"

查主任说："这个红烧肉已经很好吃了，新嫂嫂，你教教我怎么做的红烧肉呀？"

新嫂嫂说："买回来的猪肉先要去除膻味，就是用热水清洗一下，记得这时候就要放一些黄酒。"

查主任说："黄酒不是和酱油一起放入吗？"

新嫂嫂说："做红烧肉要放两次黄酒，一次就是热水清洗猪肉的时候，还有一次就是把清洗过的猪肉放入锅里煮的时

野藕记

候，这个红烧肉不放黄酒是膻味道很浓的，那不好吃。"

查主任说："我现在懂了，我做红烧肉就放一次黄酒，明天我也去买一块猪肉，按照你的方法也做一顿红烧肉吃。今天我收获也挺大的，学会做红烧肉了，真的很开心！"

钱书记对查主任说："你好好向新嫂嫂学会做红烧肉，你会做红烧肉了，教我家属也做红烧肉，真的，新嫂嫂做的红烧肉我吃了还想吃，的确是我吃过的最好吃的红烧肉。"

可见，此时此刻钱书记和查主任心情都是非常愉悦的。

在大队部，江组长却等得很不耐烦了，因为他与钱书记讲好中午在大队食堂一块吃饭，可是左等右等，那个吃饭时间早已过去，而钱书记却没有回来。当然，江组长没有饿着肚皮，他一个人到食堂吃了饭。

而钱书记却是酒足饭饱，可谓心满意足。当他回到大队部，第一时间就去向江组长汇报。

江组长急切地问："谈得怎样？"

钱书记说："大力气夫妻要你补偿两只肉猪钱，我没答应。"

江组长说："快刀斩乱麻，只要与他们了断这个事情，补偿他们两只肉猪钱就两只肉猪钱。"

钱书记说："我想给你省点钱，能少补偿就少补偿，你说对不对？"

江组长说："你快说，究竟补偿了多少？"

钱书记伸出一个手指头："最后我答应补偿他们一只肉猪的钱，不过还加了一样东西？"

江组长说："什么东西？"

钱书记说："这一样东西不用你掏钱，由我们大队来给他。"

江组长说："大队的东西尽量不要花在这种事情上，传出去影响不太好。"

钱书记说："他们要两只肉猪钱，我只答应一只肉猪钱，我突然想到大队刚拿到20根便宜木梁的指标，反正是批给社员，不如就给他算了。"

江组长一听是木梁，如释重负，笑道："这木梁可以给他，如果大队还需要木梁，我可以到供销社去要到的，我要到的木梁价格可能还要便宜一些。"

钱书记说："我早知道江组长神通广大。"

江组长说："我哪里是神通广大，你和小查同志（查主任）才是神通广大，把这个揪心的事情解决了。"

钱书记说："大力气夫妻俩还算客气，非要留我们吃饭，

238

野藕记

还做了红烧肉，我本不想在他家吃饭的，但大力气讲不吃饭这事不答应，所以只好硬着头皮坐下来吃饭，大力气还拿出了白酒，所以我喝了两碗白酒。"

江组长说："是好白酒吗？"

钱书记说："是六角九分的粮食白酒。"

江组长说："哎，这种白酒都是酒精泡的，既然你和查主任为我解决了这么大的事情，我一定要请你们喝酒，我家里有茅台酒，我请你们喝茅台酒，一醉方休。"

钱书记说："江组长，我又不是县长，你用不着请我喝茅台酒的，就六角九分的粮食白酒也是可以的，喝酒人不讲究什么酒，讲究的是与什么人喝酒，老话说的好，酒逢知己千杯少，话不投机半句多。"

⊙ • • • ⊙ • • • ⊙ • • ❖ • • ⊙ • • • ⊙ • • • ⊙

大力气得到了 20 根便宜的木梁，那木梁每根长四、五米，只能用机挂船运回来。你知道，他和石头在摇运输，应该讲运回这 20 根木头不是难事。但这是私人活，大力气不好意思对石头讲。

那天，运输船不出门，大力气对石头说："我要借一只机挂船，去买木梁。"

石头说："好啊，我造房子也需要买木梁。"

大力气说："我的木梁是那个、那个……"

他不说，石头已经心神领会了，因为他听说过大队补偿给大力气 20 根木梁的。

石头说："那你这个木梁便宜的，我可买不着这种便宜的木梁。"

大力气说："我造三间平房，只要 15 根木梁，应该多出 5 根木梁，如果你要这 5 根木梁，我可以转让给你，我买多少钱一根就卖给你多少钱一根。"

石头说："这样吧，市场上多少钱一根，我也出你多少钱一根。"

大力气说："我怎么好意思赚你的钱呢？"

石头说："这不是你赚我的钱，而是你正常的物资流动。"

大力气感觉到石头是一个不喜欢占别人便宜的人，本质上石头还是聪明机灵的。他想到大力气说要借机挂船买木梁，那他肯定是要向别人借机挂船吧。而我不是有一只机挂船吗？那么，何必再去借机挂船呢？

于是，石头对大力气说："明天我来开机挂船去买木梁吧。"

大力气非常感动，说："那你明天没有休息了。"

石头说："你不是明天也没有休息吗？"

野藕记

大力气说："我是为自己做事，所以不感觉累的。"

石头说："我也不感觉累，因为我年轻，就是需要吃苦磨炼。"

大力气说："你真是好思想啊！"

第二天上午9时，石头和大力气开机挂船来到了生产资料部。前面有两只船捷足先登。在排队的时候，听到有人在说江组长的儿子和汤阿姐昨晚出了大事情，两个人在宾馆鬼混被汤阿姐老公的阿姐捉牢了，现在这一对狗男女被关在派出所……

石头为之惊诧，大力气也不相信自己的耳朵。

大力气问他们："汤阿姐是谁？"

他们说，汤阿姐就是这个生产资料部的负责人，是个三十多岁的女人，她是老牛吃嫩草啊。

大力气不再问下去了，他明白了，那个江组长的儿子出事情了，幸好女儿阿兰已与他分手，不然阿兰将又一次遭受到屈辱和伤害……

至此，石头才完全知道阿兰已与江天强分道扬镳了，此事令石头的脑海陷入一种混乱。既然他俩已经分手，那阿兰

应该是失恋了吧。那么，自己还有没有与她相爱的机会呢？

石头曾经对天发誓过，除了迎娶阿兰，不娶其他人。

这么说来，石头能够原谅阿兰所走过的弯路，能够包容她所犯的错误。世界上有纯朴如实的爱，也有经过风风雨雨的情。

这个事情来得也突然。

这是出乎石头预料的故事。

机挂船装着 20 根木梁朝大力气家驶去，石头在掌舵，他看着船梢涌起的浪花，他的心情很不平静。

大力气一个人坐在船艄抽着香烟。

突然有一条鲤鱼跳到了船舱里，大力气张开手，抓起了那一条鲤鱼，说："石头，在我家吃晚饭，老天爷送我们一条大鲤鱼呵！"

石头说："放生吧。"

大力气说："好大的鲤鱼，放生很可惜。"

石头说："鲤鱼跳龙门，所以把鲤鱼放生吧。"

如果在以前，大力气肯定犟脾气，不会将鲤鱼放生的，这回他却很听石头的话，把这一条鲤鱼放生了。但见那一条鲤鱼重新回到河里，没有马上沉入河里，而是还在水面游动……

大力气说："放生，好像是观世音菩萨。"

野藕记

石头说："是的，听我娘说鲤鱼一肚皮都是籽，那是无数条小生命，所以放生一条鲤鱼，就是无数条小生命得到了重生。"

大力气说："听你的口气，好像你和别的年轻人不一样。"

石头说："哪里不一样。"

大力气说："别的年轻人看到这么大的鲤鱼哪会放生，肯定要杀鱼吃的。"

石头说："我不吃鲤鱼。"

大力气说："那么其他鱼吃吗？"

石头说："其他鱼我都吃的，就是鲤鱼不吃。"

大力气说："这还差不多，听老人说，吃四只脚的，不如吃两只脚，吃两只脚的，不如吃没有脚的。"

石头看着大力气，说："四只脚、两只脚是什么东西呢？"

大力气哈哈大笑说："这个我知道，四只脚就是猪牛羊，两只脚就是鸡鸭鹅。"

石头说："那么没腿又是什么呢？"

大力气指着河面说："河里的鱼啊！"

石头说："这个老人言好，不过没腿的，我觉得也可理解为蔬菜。"

大力气说："你说得对，你真是年轻人，脑子活络，我可没有想到没腿的是蔬菜。"

两个人坐在船艄上谈笑风生，这一只机挂船则乘风破浪……

机挂船到了，大力气上岸去了。他想征求妻子这个木梁放在哪儿。

大力气想把 20 根木梁放在河边，这样搬运木梁不费力，但新嫂嫂不同意，她说："这个木梁放在河边，只要人家有船就可以把木梁拖走，一根不剩也是有可能的。"

大力气说："谁会偷呢？"

新嫂嫂说："被偷了，你就说后悔来不及了。"

大力气说："你说，木梁放在哪边？"

新嫂嫂说："要么放在屋前，要么放在屋后。"最后，两人决定将木梁放在屋前一块空地上。

大力气夫妻俩来到了船上，新嫂嫂也要搬木梁，石头用手一挡说："姊姊，我与大叔搬吧，你不用搬。"

新嫂嫂说："我和大力气搬，你坐，你开机挂船累了。"

石头说："那么近，不累。"

大力气对新嫂嫂说："石头又不是外人，这木梁就我与石

野藕记

头搬吧，你去准备晚饭。"

石头说："不用，晚饭我回家吃。"

新嫂嫂拍了拍衣服，说："好的，我去做晚饭，石头你不留下来吃晚饭，你就是看不起大叔和婶婶。"

石头想，一直是你们看不起我，嫌弃我家穷，所以把女儿许配给有权势的人家，结果落得女儿如此悲伤的结局。但自己还是深爱着阿兰，现在是她最低谷的时候，自己应该挺身而出，与她共渡难关。所以，他想了想，说："好的，那婶婶，菜少点儿，平常在家我也只是喝粥，不吃米饭的。"事实上，石头家的晚饭基本上都是喝粥，因为吃米饭，没有那么多大米，因为生产队分配的口粮不够吃。

最重要的一点，石头想到留下来吃晚饭，或许能够见到阿兰。至于阿兰会不会回家吃晚饭，他不知道，也不好意思问，但留下来吃晚饭就有了见到阿兰的希望。

大力气想一个人单独搬木梁，石头上前说："两个人抬吧。"

石头抢着抬木梁的根部，大力气只好抬木梁的梢。这样抬了几根木梁，大力气终于按捺不住了，对石头说："木梁根部重，我和你换一下，我来抬根部。"

石头说："不用，这个木梁不是潮湿的，所以并不很重。"

石头以这种方式重新赢得了大力气对他的好感，如今在大力气的心里，石头就是一个聪明机智、吃苦耐劳的好青年。

大力气开始后悔当初阻挡女儿阿兰与他交往了。

　　阿兰家有三间平房，外面看上去比较破旧，但屋子里还是干净和整洁的，当时一般农户地面是泥巴，而阿兰家地面是青砖。

　　这是石头第一次上阿兰家，当然他还不是以阿兰男朋友的名义去她家的，只能说他是一个摇运输的伙计吧。

　　石头一进阿兰家，就看见东面一扇门的上方挂着几只藕，那些藕已经干瘪了，看上去黑乎乎的。他知道，这些藕是野藕，是他用手挖给阿兰的。

　　石头深吸一口气，想起了那个夜晚在潭潭里挖野藕，阿兰在岸上蹲着身子看着他……大力气看着他，不知道他为何对这些干瘪的藕有如此浓厚的兴趣呢？

　　大力气搬过一只凳子，他站在凳子上伸手想把这些野藕摘下来，然而被石头叫住了。石头说："等一下。"

　　又说："墙上空白的，这些野藕挂在墙上就像一幅画，感觉美了。"

　　大力气说："阿兰挂上去的，当时这些藕都是新鲜的，现

野藕记

在都干瘪变坏了。"

石头说："这个藕即使干瘪，也不会变质。"

大力气说："那就让它们继续留在墙上吧。"

这时，新嫂嫂从灶间走过来，说："等阿兰一回来，就可以吃晚饭了。"

大力气说："阿兰什么时候回家你知道吗？"

新嫂嫂说："有时候早的，有时候晚的，讲不清楚。"

大力气说："所以，我的意思就不要等阿兰了，我和石头先喝酒，一边吃，一边等吧。"

新嫂嫂说："可以。"

石头却说："不要，还是等阿兰回家一起吃吧。"

新嫂嫂对石头说："石头，你和阿兰也是好久没见面了吧。"

石头说："是的。"

新嫂嫂说："石头，阿兰最近遇到一些不开心的事，你和她像兄弟姐妹一样，如果她回来愿意与你说话，你就讲讲笑话给她听，你开导开导她好吗？"

石头点点头说："好的，但我不知道讲什么笑话。"

大力气说："石头，你不要听婶婶瞎讲，我倒是有个主意，以前吧到了晚上我不许阿兰出门，现在阿兰也经历了一些事，她应该分得清谁好谁坏了，所以她夜里想出门，我们也不阻拦了，如果你能安慰她一下，吃过晚饭你可以带她出门走走……"

石头屏住呼吸听大力气在说，大力气真是180度转弯了啊，他想。如果吃过晚饭能够带阿兰出去走走，那真是一件求之不得的大好事啊！

⊙ • • • • • • • ❖ • • • • • • • ⊙

也就是那天下班后，女店长叫阿兰不要走，她有话想对阿兰说。当然，阿兰也不知道石头在她家吃晚饭，这都是当天突然发生的事。

等店里的人都走了，女店长对阿兰说："我有个表弟，在砖厂上班，是个很能吃苦的小伙子，我想把你介绍给他。"

阿兰还没有从"失恋"的阴影中走出来，还没有做好再谈恋爱的准备。所以，她说："我心里很乱。"

女店长说："爱情可以疗伤，所以你应该谈恋爱。"

阿兰说："现在我真的不想。"

女店长说："他可是百里挑一的好小伙子呐。"

阿兰说："那我更不应该找他。"

女店长说："为什么你这样说。"

阿兰眼圈有些红了，说："我已经不是纯洁的姑娘了。"

野藕记

女店长说："这个我知道的，这个不是你生活作风问题，而是你遇人不淑。"

阿兰说："遇人不淑？"

女店长一笑，说："就是遇见的人不好。"

阿兰说："我现在还是觉得初恋好，只是回不到从前了。"

女店长说："你要抬头向前看，像佛说的那样放下。"

阿兰说："放下好难。"

女店长说："如果你嫁给我的表弟，我们就是亲戚，你就是我的表妹，我还能找表弟要一只猪腿，因为让我做了一个现成的红娘。"

阿兰说："你还是给你的表弟介绍别的姑娘吧，我一点都不想恋爱。"

其实女店长已与表弟约好，表弟已来到了副食品店里。女店长说："阿兰，实话对你说吧，我表弟已经来了，不管你同意不同意，你俩见个面，如果你觉得好，那就谈谈，如果感觉不好，那就不谈，你看行不行？"

阿兰真是进退两难。

女店长说："这样吧，这个店里有外人来的，还是到我家，我来做晚饭，一起吃个便饭，这样可好？"

阿兰不置可否，因为这个事情来得太突然，她一点思想准备也没有。

这时，表弟出现了，他低着头，红着脸，一声不吭。

女店长对表弟说："你怎么像个大姑娘，一句话也不说呢？"

表弟说："我看中她的。"

女店长说："你这个人要么不说话，一说话就笑死人，你这是一见钟情啊！"又转身对阿兰说："阿兰，我表弟看中你了，你有没有看中他啊？"她旁若无人地大笑起来。

此时的阿兰脸色红一阵白一阵，真的手足无措。女店长拉起她的手，说："阿兰，别难为情了，到我家吃晚饭吧。"

阿兰苦笑："那我还是一身工作服呐。"

女店长说："不碍事，我不也是一身工作服吗？"

表弟说："穿工作服的姑娘最可爱。"

女店长朝表弟看了一眼："哎哟，表弟我发现你蛮会说话嘛。"

表弟一笑说："我看中她了，所以心里很开心。"

女店长对她说："你看中她，不要一直唱在嘴上，而是要放在心里，要用实际行动博得姑娘好感，这样你们才能牵手成功，不然你会把姑娘吓跑的。"

野藕记

表弟说："那我可以牵她手吗？"

女店长说："心急吃不了热粥，你第一次见面就要牵手，好像这个步骤快了点儿。"

表弟说："那你们走在我前面，我跟在你们屁股后面。"

本来阿兰是想说拒绝的，但想到女店长是自己的领导，她平时对自己也是蛮关心的，再说她为自己做媒人也应该不是什么恶意，也是好意吧，所以稀里糊涂就跟着女店长来到了她的家里。

女店长在单位是领导，在家里居然也是领导，丈夫蛮听她的话，她对丈夫说："你去街上买些菜，今天表弟和单位一位同事在我家吃晚饭。"

她丈夫说："现在很多的店都关门了，哪里能买到菜呢？"

女店长说："你死脑筋的，街上西边有一只渔船，他们那里有鱼，还有自己饲养的鸡鸭，你上那儿去买啊！"

她丈夫说："我知道了，你的意思是买一条鱼、一只鸡、一只鸭。"

女店长苦笑："买一条鱼吧，有鸡蛋的话买 10 个，鸡和鸭就不要买了，杀鸡杀鸭时间来不及的。"

她丈夫从她手上拿过钱就直奔渔船去了。

女店长转身对阿兰说："我的老公就是个老实男人，你叫

251

他做啥，他就做啥，就像一个木偶。"

表弟说："姐夫是木偶，是你白相的一只猫吧。"

女店长瞪他一眼："你说话前言不搭后语，白相俩字你懂吗？"

表弟不知道哪说错了，说："表姐，我不可以说白相吗？"

女店长说："那要看什么地方说白相，如果我们去观前街，可以说去观前街白相，如果你们两个年轻人逛马路，这个不叫白相，你知道了吗？"

表弟双手一摊说："我不知道。"

女店长说："这个叫谈恋爱，不可说是白相。"

半个小时后，女店长的老公买菜回来了，他买了一条黑鱼，还有一只草鸡。这时候，阿兰却说要回去，因为天暗了，她不敢走夜路。

女店长说："黑鱼和草鸡都为你买回来了，你不许走。"

阿兰说："不，吃了晚饭，天就暗了。"

女店长说："天暗没关系，让我表弟送你。"

表弟说："你坐我自行车，再远的路也不用怕。"

野藕记

阿兰朝他看了一眼，但没有说话。

女店长对表弟说："夜里安稳起见就不要骑自行车了，你就推自行车吧。"

表弟拍胸脯说："我车技一流，这个你放心。"

阿兰说："现在天还未暗，我自己回去。"

女店长又是一番苦劝，阿兰总算答应留下来吃晚饭。

女店长和她丈夫在厨房间做晚饭，阿兰和那个表弟在另一间房间，表弟对阿兰已是"一见钟情"，而阿兰还未从失恋中走出来，她还在伤心郁闷中，一点也不想谈恋爱。当然，她的心里有石头，但她觉得自己不再是以前的阿兰，如今的自己不配有纯洁的爱情了，所以她对石头也只好刻意保持距离。

阿兰站在门口，表弟走到她身旁，说："有凳子，你坐啊！"

阿兰说："我不想坐，你坐啊！"

表弟说："你工作累吗？"

阿兰说："不累。"

表弟说："那我表姐说她工作很累。"

阿兰说："她是店长，当然累的。"

表弟说："如果你愿意嫁给我，这个商店以后可以让你做店长。"

阿兰愣了一会儿说:"我哪有做领导的水平,能够做好一个营业员已经相当不错了。"

表弟说:"不想当将军的不是好士兵。"

阿兰说:"是啊,我不是好的营业员。"

表弟说:"我听表姐一直在夸你,说你能够吃苦耐劳,说你脾气很好的。"

阿兰说:"没有她说得那么好。我听你表姐说,你工作很卖力的,是个好小伙子。"

表弟说:"我的工作是搬泥坯,就是一个卖力气活的人。"他扬了扬手臂接着说:"你看我手臂膀的肌肉,这些都是搬泥坯锻炼出来的呀。"

阿兰说:"有趣。"

表弟说:"你嫁给我,如果我造新房子,砖头没有问题,我可以找窑厂领导要便宜砖头。"

阿兰说:"你有把握领导批给你砖头吗?"

表弟说:"当然有把握,如果领导不同意给我砖头,我就让烧砖头的伙计烧坏一窑砖头。"

阿兰说:"你厉害!"

野藕记

吃晚饭的时候，表弟问女店长："她以前谈过恋爱吗？"

女店长说："你可以自己问问她有没有谈过恋爱。"

表弟说："我可是不喜欢谈过恋爱的女孩。"

听了他的话，阿兰直接对他说："我谈过恋爱，刚刚分手。"

表弟一听傻了，说："你们有牵过手吗？"

阿兰说："有的。"

表弟问："有吻过吗？"

阿兰说："有的。"

表弟当即站立起来对女店长说："她都谈过恋爱的，你怎么可以把她介绍给我做女朋友呢？"

女店长说："你不是也谈过女朋友吗？"

表弟说："我可是从来没有与前女友握手过。"

女店长说："我和你姐夫结婚的时候，你姐夫谈过女朋友，我也谈过男朋友，但最后我和你姐夫结婚了，现在不是很好吗？"

表弟说："我可不要谈过恋爱的姑娘。"

阿兰脸色尴尬，对女店长说："我配不上他。"说完，她一个人走出了门外，女店长也跑出门外，想拉住她，但阿兰不愿意再见那个表弟了，她执意要回家。

两个人就这样不欢而散。

阿兰一个人狂奔到家里，她压根儿不知道石头在她家吃晚饭。当她回到家时，石头刚想动身走，他对她说的第一句话："你晚饭吃了吗？"

阿兰说："吃过了。"

石头说："我在你家吃的晚饭。"

阿兰说："我真不知道你在我家吃晚饭。"

新嫂嫂看见女儿回来，也关切地问道："你吃过了吗？"

阿兰说："在店长家里吃的。"

新嫂嫂说："店长对你挺好的，你是要与她搞好关系。"

大力气对阿兰说："以后你不回来吃晚饭，要提前与你娘讲一声，你知道今天我和你娘等你回家吃晚饭的，还有石头难得来的，如果你早点回家那该多么好！"

阿兰解释说："爸，我真不知道石头在我家吃晚饭。"

大力气说："我买了20根木梁，是石头开机挂船提回来的。"

石头说："这是一件小事不值一提。"

阿兰对石头说："谢谢你！"不过，她不明白父亲对石头的态度怎么与以前不一样呢？更好的事情还在后头。大力气

野藕记

喝酒了，话也多了，他对阿兰说："你和石头现在也难得见面的，石头要走了，你就送一送他吧。"

　　阿兰惊讶地张大了嘴巴，她不相信父亲说的话。在她看来，很明显，石头已经获得了她父亲的好感和认可！同时，她相信，母亲对石头也是改变看法了。

第五章　野藕记

夜，外面很黑了。

石头听了大力气的话，内心异常激动，但毕竟与阿兰很长时间没有说过话了，尤其是当他得知阿兰与别人恋爱了，他简直就是失魂落魄，仿佛失去了全世界，但他没有倒下。

不承想，现在戏剧性的一幕出现了，当初竭力反对女儿与石头交往的大力气像变了一个人，现在他竟主动提出让女儿与石头外出散步。

不过，石头的脑子还是清醒的。

石头说："天很暗了，我一个人回家。"

大力气说："这样吧，你们找一个地方说话也可以。"他是非常愿意把女儿嫁给石头了，因为与石头摇运输的这些日子里，他确认石头是一个诚实和乐于吃苦的好青年。

这时，新嫂嫂也走了过来，她对石头说："弟弟，你再坐一会儿，阿兰刚回家，你怎么就走呢？"新嫂嫂第一次呼石头为"弟弟"，可见她也是开始认可石头这个人了。

258

野藕记

石头说："时间不早了，明天我与叔叔一早要摇运输。"

大力气说："石头，这样吧，明天早晨的粥，你来我家吃吧，这样你也可以赶些时间。"

新嫂嫂说："对的，弟弟你明天来喝粥，我来煮咸鸭蛋。"

石头说："不用的，我家里有冷饭，吃泡饭很快的。"

大力气说："经常吃泡饭，对胃不好，以后早晨要喝粥，白米粥养胃的。"

石头说："只要能吃饱肚皮都可以吧。"

阿兰站在旁边不发一语。新嫂嫂对她说："阿兰，石头难得来我家，你俩好久不见，难道不想说说话吗？"

阿兰说："以前你们像现在这样对待石头就好了。"

新嫂嫂怕她说出难堪的话，就拉她到一旁说："以前的事是我和你爸不好，但不经历这样的事，谁能看出一个人是好还是坏人呢？所以，你也不要埋怨父母，天底下的父母哪个不疼爱自己的孩子呢？"

阿兰说："可我现在不再纯洁了。"

新嫂嫂说："这个，这个你不用说，你不说，别人也不会知道啊！"

阿兰说："可我对不起石头。"

新嫂嫂说："你不要这样说，如果你离婚，那名誉是受到影响的，现在你们又不是离婚，所以没有人会说你的呀！"

259

这时，石头已经走出门外，大力气也跟了出去。

新嫂嫂推了一把阿兰，说："快点，你快点跟着他啊！"

阿兰对石头心存愧疚，她感觉自己配不上石头了，虽说他家现在还穷，但他能干，不怕苦，相信穷不生根，他能够脱贫致富的，他应该有更好的爱情。

黑夜里，石头在前面走，阿兰在后面跟着，这样走出十几米远，石头的步子慢了下来，因为他感觉后面有人，他知道阿兰在后面跟着。

石头渴望爱情。

他希望与阿兰和好如初。

阿兰追上了他。

"你走得好快，我都追不上。"阿兰说，有点气喘吁吁。

"我不知道你在后面。"石头慌忙说。

阿兰说："看到你走了，我妈把我推出门外的。"

石头说："这是真的吗？"

阿兰说："真的。"

石头心里掠过一丝温暖。现在他可以确认，不仅是大力气支持他与阿兰的爱情，新嫂嫂也是如此大力支持他与阿兰

野藕记

的爱情了。

有人说，机会来了要抓住，如果不抓住，它就像一阵风会吹走的。所以，石头对阿兰说："谢谢你父母亲，你父亲陪我吃晚饭，你母亲做了一桌子好吃的菜，让我找到了家的感觉。"

阿兰无奈道："我父母亲对你那么好，我也是今天才感觉到的，他们原来可不是这样……"

石头打断她的话，说："以前的事过去了，就让它过去吧。"

阿兰说："嗯，你说得好，可是有的事过去不了。"

石头说："我看过一本佛书，佛说要放下。"

阿兰说："嗯，放下，可我难以放下。"

石头说："你有什么事放不下呢？"

阿兰说："哎，我不配你了……"

石头犹豫了一下。他想，阿兰与江天强那个小子谈恋爱是被她父母亲逼迫的，这个怪不得阿兰。现在应该讲是坏事变成好事，这让她的父母亲重新认识了石头，从而开始支持阿兰与石头恋爱了。所以，石头感觉这是一个机会，自己要抓住它，不让这个机会溜走。

以前石头和阿兰从来没有拥抱过，不知道哪来的勇气，石头伸出双手抱住了阿兰，她也伸出双手抱住了他。

两个人第一次亲吻了。

石头说："我再不放开你。"

阿兰说："你的意思是……"

石头说："等我建造好三间新房子，我就娶你。"

阿兰说："可我已……"

石头虽说不知道她曾打掉过孩子，但他肯定料到她与那小子的关系说不清楚，但在真正的爱情面前，这也不算什么事了，应该像佛说的那样——放下。

于是，石头坚定地对她说："让往事过去，我们开始新的生活。只要我们相爱，只要我们努力，明天会美好的！"

石头觉得没必要纠缠阿兰与江天强那一段日子的交往，而且阿兰几乎是被动的，主要是她的父母亲在"为她代言"。石头带着满脸真诚对阿兰说："阿兰，这些日子里，我一直想把你忘记，但真的忘记不了，我转念一想，你找到了幸福，我也只好默默地为你祝福，希望你比我过得好！"

阿兰抱着石头说："你真是对我太好了。"

石头说："今天我到你家，看到墙上挂着的野藕，我就想起了和你夜晚挖野藕的情景，那时候我和你憧憬着爱情，憧

野藕记

憬着未来，真不知道突然会吹来那一阵"狂风暴雨，结果把我们吹散了。"

阿兰说："是啊，我也经常想起你挖野藕。"

石头说："谢谢你，还保存着那些野藕。"

阿兰说："开始我把这些野藕放在床铺底下的，但时间久了，这些野藕可能会发霉，后来看到父亲在墙上挂大白菜，我就得到了启发，就把这些野藕也挂在墙上了，这些野藕就可以长期地保存下去了。"

石头说："但这些野藕不能吃了啊！"

阿兰说："是不能吃了，但对于我来说很有纪念意义，那是你对我最真的爱情啊！"

石头说："当我看到墙上这些野藕，我就觉得你对我的爱情会回来。"

阿兰说："为什么？"

石头说："因为这些野藕是我夜里挖的，这个故事只有你与我知道，我想这些野藕在墙上，那么我们的爱情就依然没有消失，或许就会回来。"

阿兰说："你真是目光敏锐，富有想象能力呵！"

两个人又紧紧地抱在一起，旁边有一棵老楝树，石头抱起阿兰走到老楝树旁，两个人靠在老楝树上，现在再大的风都不能将他们分开了。

看阿兰对自己如此亲昵，石头心里明白，阿兰再也不会离开他了。

石头说："你现在副食品店工作怎么样？"

这突然的发问，让阿兰想起了女店长给她做媒，把她的表弟说给她，结果两人言语不和，不欢而散，不知道女店长会有什么想法？所以，石头的问话让阿兰霎时瞠目结舌。

石头说："是不是在那里工作不顺心呢？"

阿兰吞吞吐吐说："工作还可以，只是……"

石头心里一惊，不知道她遇到了什么事，于是急切地问："你怎么了。"

阿兰说："女店长为我介绍对象，哎，我不想说了……"

⊙ ▪ ⊙ ▪ ⊙ ▪ ⊙ ▪ ❖ ▪ ⊙ ▪ ⊙ ▪ ⊙ ▪ ⊙

阿兰的那点犹豫被一阵狗叫打跑了，他俩紧紧地抱着。最后，阿兰把女店长说媒之事和盘托出，"哎，我可是把店长给得罪了。"她长叹了一口气。

石头安慰她说："我看女店长也是好意，就把它当作一个笑话吧。"

听了石头的话，阿兰的眼圈红了。她想，最理解我的人，最疼爱我的人，除了父母亲，那就应该是眼前的这个人，这

野藕记

个人就是石头。

阿兰说："谢谢你在我最苦的时候关心我。"

石头说："仅仅是关心吗？"

阿兰说："还有拥抱我。"

石头说："仅说关心是不够的，因为我爱你！"

阿兰一时说不出话来，当即满眼泪花。

"啊，你怎么哭了？"石头拍拍她的肩膀说。

"我不是哭，只是我心里内疚，我真的对不起你！"阿兰哭泣着说。

"你不要这样，我不是对你说过放下吗，怎么对此还念念不忘呢？就当是做一个梦吧，现在梦已醒来，我们一起往前走。"石头动情地说。

为了让阿兰忘却过去，让她的心情好起来，石头提议去挖野藕。但挖野藕的季节早已过去了，现在潭潭里即使能挖到野藕，那这样的野藕也老了，也不可以吃了。

阿兰说："野藕还有吗？"

石头说："应该还是有的，因为野藕长在泥里，不可能全部被挖走。"

阿兰说："可是现在的野藕也不能吃了呀。"

石头说："不能吃，但不是可以挂在墙上吗？"

阿兰说："呵……我知道你为我好，那我们就去挖野藕吧。"

两个人手牵着手摸黑来到了那个潭潭。以前还能看到那些藕叶在风中摇曳，此时那些藕叶已不知去向，潭潭就像一个深渊黑乎乎的。石头脱了鞋子，卷起裤子准备下到潭潭里。阿兰一把拉住他，说："不用了，潭潭里有毒蛇的呀。"

石头说："哪里有毒蛇？让我下去。"

阿兰说："你下去，我也要下去。"说完，她也脱了鞋子。石头见此，就打起了退堂鼓，说："那我就不下去了！"

两个人就蹲在潭潭边，石头说："等白天有空的时候，我来这里挖野藕，到时我给你送去。"

阿兰说："这个野藕又不好吃了，真不用挖了。"

石头说："你可以挂在墙上。"

阿兰说："可是我家墙上已经有了呀。"

石头说："等我造好新房子，我就娶你，你可以把野藕当作嫁妆带过来，挂在我们新房子的墙上。"

阿兰笑了，她依偎在石头的胸怀里。

石头一夜天几乎没有睡着，他为找回和阿兰的爱情而兴奋。像石头这个年纪的年轻人对未来是没有明确判断的，但

野藕记

石头却不是这样，他对未来有一个比较清晰的判断，因为他相信只要自己辛勤劳作，好好做人，未来是会美好的，爱情也是会有的。

第二天一早，他就来到机挂船上，他与大力气讲好要外出摇运输。

讲好5时出发的，可是过了这个时间，大力气还未出现。这是怎么一回事呢？往常，大力气总是比石头先到的，总之大力气比石头早到的次数多。

时针已经指向5时半。石头有点等不及了，他就决定到阿兰家看看，大力气迟到究竟发生了什么事？

当石头来到阿兰家，看到大力气家门敞开着，他就在门口朝屋子里叫道："有人吗？"

他就叫了这么一声，新嫂嫂就笑盈盈地走了出来，说："哎哟，是石头啊，大力气天不亮就出门了，他没到船上吗？"

石头说："没到船上。"

新嫂嫂脸色骤变："啊，他怎么会没到船上呢？"

这时，阿兰也走了出来。

阿兰说："石头，你和我爸不是讲好5时出发的吗？"

石头点头道："是讲好5时出发的，可你父亲没到船上。"

阿兰感觉惊诧，说："那我爸会去哪里呢？"

新嫂嫂拍拍手说："他会去哪里呢？走，到外面去找找他，这个人真是的，去哪里不讲一声的，真的要被他急死人的。"

阿兰说："那我要上班的，那可怎么办？"

新嫂嫂对她说："对的，你上班去，你可不能迟到。"又说："锅里有粥，还有米饼，你自己取来吃吧，我要去寻找你父亲了。"

石头对阿兰说："你放心去上班，你父亲肯定就在附近，不会出什么事情的。"

阿兰说："这样吧，我就不去上班了，我要找到我父亲。"

新嫂嫂说："你不上班怎么行？好好的饭碗不要给弄丢了。"

阿兰说："弄丢就弄丢，我还年轻，哪里都可以找到饭碗。"

新嫂嫂几乎要哭了："阿兰啊，你去上班，你不去上班，等于用刀在娘心头割啊。"

她呜呜地哭起来。

接下来，戏剧的一幕出现了，只见大力气拎着一只小篮回来了。他看见妻子在哭，问道："家里出了什么事呢？"

新嫂嫂什么也没说，飞起腿就给他一脚，怒骂道："你死出去了，怎么不去摇运输呢？"

野藕记

　　大力气是一片好心却没有好报。他一觉醒来，突然心血来潮，他想去街上买几个大饼油条，倒不是自己想吃，而是将大饼油条送给女儿和石头吃，因为石头很可能就是自己的女婿了，所以买大饼油条给他吃也是应该的。当时，他对新嫂嫂说了一声"我去买大饼油条。"就出门了，至于新嫂嫂有没有听见他的话，他就不清楚了。

　　新嫂嫂一觉醒来，她以为他去机挂船走了，而且还嘟哝了一句："这个人早晨不吃一点东西就走，真的要饿坏肚皮哉。"

　　倘若不是石头找上门来，她根本不知道大力气原来没有去机挂船，而是买大饼油条去了。

　　大力气被新嫂嫂踢了一脚，他伸手抱着大腿说："你真的踢啊，踢断我的脚怎么办？"

　　新嫂嫂没好气地说："我养你。"

　　大力气说："那运输船一船水泥你来搬？"

　　新嫂嫂说："难道没有你，这个地球就不转了吗？"

　　大力气说："好哉，石头在，你给我一点面子好吗？再说，我走时对你说过我去街上买大饼油条的，是你自己耳朵聋没听见，不能全部责怪我的啊。"

新嫂嫂说："你不记得那船老早要出发的吗？你又不是孕妇偏要吃大饼油条。"

大力气讷讷地说："我没有那么多私心，不是我自己想吃大饼油条，我是想买大饼油条给女儿和石头吃，你真的是错怪我了。"

阿兰对新嫂嫂说："妈，爸回来就好。"说完，她拿了一根油条、一个大饼上班去了。走时，石头对她说："我和你爸要三天回来，那天你早点回来，夜里我们老地方见。"

阿兰说："老地方，是那个小树林，还是那个野藕潭潭呢？"

石头说："就到小树林吧。"

阿兰说："昨晚你走后，我爸说了，我家里这20根木梁先借给你用，听我爸说，你家建造房子其他材料都有了，就是木梁还没有，你说是不是？"

石头说："是的，我想抽空去生产资料部买木梁，但这个木梁是议价，我一时也搞不到便宜的木梁。"

阿兰说："我爸说了，把我家20根木梁借给你，这样你就不用去买议价的木梁了，可以尽快把房子建造起来。"

石头说："你爸真好！"

阿兰说："我上班去了，不说话了，再说话，我真的要迟

野藕记

到了。"

石头目送着阿兰远去，他的内心无比欢欣。

⦿•••⦿•••⦿•••⦿•••❖•••⦿•••⦿•••⦿•••⦿

你不知道，爱屋及乌，大力气关爱着女儿，故也开始关
心石头了，现在他觉得女儿嫁给石头，以后的日子他们会过
得很幸福。

大力气被新嫂嫂踢了一脚，却并不生气。

他拎着大饼和油条向机挂船走去。

新嫂嫂看着他远去的背影摇摇头。

当大力气来到机挂船上，石头已经发响了机头，机挂船
发出的声音把河面上几只鸭子惊吓着了，它们快速地向河中
央游去。一到机挂船上，大力气就将大饼油条递给石头，说：
"大饼油条已经冷了，你将就着吃吧。"

石头说："早晨我已经喝过粥。"

大力气说："粥吃不饱的，吃大饼油条吧。"

石头不再推辞，一边开着机挂船，一边吃着大饼油条。
很快，一个大饼，一根油条就吃掉了。见此，大力气再要递
给他大饼油条，石头拒绝道："真的吃不下去了。"

大力气便作罢。他一屁股坐在船梢，说："石头，今天早

271

晨我老早去街上买大饼油条，真的很不巧，大饼油条店还没有开门，我就只好等，就这样等僵了，你看婶婶态度像我犯了错误一样对待我。"

石头说："婶婶应该是和你开玩笑，不是真的成心踢你。"

大力气伸手撩开裤子说："是真的踢，你看脚都青肿了。"

石头说："这是叔叔你脾气好，还是让着她的。"

大力气说："是啊，一家人吃一锅饭，只好你让我，我让你，如果你争我争，一家人就鸡犬不宁了。"

石头说："对的，家和万事兴。"

大力气说："倒真你读过书，说话有文化，是这样的，家和万事兴啊！"

石头忽然想起了什么，说："叔，这个大饼油条你自己怎么不吃呢？"

大力气笑了笑说："我是特地去买给阿兰和你吃的。"

石头深受感动，说："叔，以后不要买大饼油条，早晨我喜欢喝粥，用锅巴泡的粥很香哟。"

大力气说："也是难得的，不过我想，婶婶踢我一脚也是有道理的，一个是我早晨去街上没有叫醒她，二个是我回来晚了，她主要担心运输船晚了，你会生气。"

石头说："我不会生气的，而且现在你和婶婶对我都挺好的。"

272

野藕记

大力气一脸愉悦，现在他已经完全站在石头一边，而且他极力想促成女儿和石头的亲事。他说："石头，不瞒你说，你婶婶对你真的不错，她在我面前一直夸赞你，以前我和你婶婶对你有些看法不好，这个我代表你婶婶向你做一个自我批评……"

◦•◦•◦•◦•◦•◦•◦•◦❖◦•◦•◦•◦•◦•◦•◦•◦

　　阿兰刚到副食品店里，有人通知她，说是女店长找她。她的脸蓦地红了，想到昨晚与女店长的表弟不欢而散，阿兰觉得女店长很可能找她谈话，或者做个道歉什么的吧。

　　于是，她来到了女店长的办公室。说是办公室，其实也是一个仓库，整个屋子堆满了大箱子小箱子。里面有一张办公桌，看上去很破旧的样子，桌子上也是堆满了东西，有食品，还有算盘、账册，等等。女店长一边在整理东西，一边对阿兰说："哈，我对表弟说，你没有处过对象，你怎么可以说刚分手呢？"

　　阿兰说："因为这事很多人知道，又瞒不住的。"

　　女店长说："只要第一感觉好，这门亲事就成了，以后可以找机会慢慢地对他说，你与他初次见面就说自己谈过对象，人家一时肯定接受不了，这门亲事肯定谈不拢。"

阿兰说："谈不拢好。"

女店长抬起头用奇怪的眼神盯着阿兰看，说："谈不拢有什么好？"

阿兰说："我还未从前面谈恋爱的伤心中走出来，我还没有做好谈恋爱的准备。"

女店长说："你说错了，你要走出失恋的痛苦，就要尽快展开新的恋爱。"

阿兰可不想与女店长说这个话题，她倒是想去干活，她倒是想与女店长结束这一场子谈话。所以，她问："店长，你找我做什么呢？"

女店长说："我找你随便问问，同时我代表我的表弟向你道一个歉，不应该这样拒绝你的爱情，你走了后，我当即批评他，我说你这样说话没有一个姑娘受得了，你又怎么可以找到称心如意的姑娘呢？"

又说："你没生气吧。"

阿兰说："我本来就不想谈恋爱，他不要我，这是最好不过了。"

女店长说："你说实话，你第一眼有没有看上他呢？"

阿兰不假思索说："我都没有好好地看他一眼，我感觉他说话有点……"因为他是女店长的表弟，所以阿兰对他的评说留了一手，没有直接说出来。

野藕记

女店长却很想听她真实的想法，所以对她说："你说我表弟好，或者坏没有关系的，通过这一件事我也看清了表弟，感觉他是一个华而不实的人。你呢？"

阿兰听女店长如是说，才说道："是的，我也感觉他有点油头粉面，有点好高骛远。"

女店长重重点头，最后她说："假如有好的小伙子，我给你介绍呵，听说一个人生前要做成功至少一对结婚的，所以你就让我做媒人，不然不做媒人到了阴间无法向阎王交代啊。"女店长向阿兰开起玩笑。

⦿ • ⦿ • ⦿ • ⦿ • ⦿ • ❀ • ⦿ • ⦿ • ⦿ • ⦿ • ⦿

阿兰听到女店长又要为自己介绍对象，这回她不含糊其词了，因为女店长那个表弟的事已经节外生枝，险些惹出大麻烦，所以阿兰连忙说："我已经有男朋友了。"

女店长说："你不是男朋友刚分手吗？怎么这么快就有新的男朋友呢？"她说的男朋友指江天强。

阿兰说："他是我的初恋。"

女店长说："你的初恋？"她表示疑问，"你既然有初恋，那为何又与江天强谈恋爱呢？"

阿兰说："我和他很相爱，但当时我父母亲嫌他家穷，所以极力反对，他们要我与江天强谈恋爱，后来的事你应该知道了吧。"

女店长点点头说："呵，原来是你父母亲棒打鸳鸯。"又问："你现在和初恋恢复恋爱，你父母亲同意吗？"

阿兰也点头道："他们同意的，他们现在的态度比我还积极。"

女店长说："那这样好，如果你早讲这些事，我也不会向你介绍我表弟了，说实话吧，我的这个表弟做事有点不靠谱，真的把你这个好姑娘介绍给他，有点亏待你了，现在很好，你既然有了对象，那就好好相处，到了结婚年龄就结婚，让你父母亲早点抱外孙。"

阿兰微笑道："结婚还早呢。"

女店长想，你结婚后就要生孩子，生孩子还要请假，你便不会来上班，那么还要另外找人……所以还是晚结婚，或者不结婚为好，所以女店长换了一种口吻说："不过，年轻人还是要响应党的政策，晚婚晚育好。"

阿兰说："暂时还没考虑结婚，因为他家还要造房子。"

女店长说："我问问你，你男朋友做什么工作的？"

阿兰说："就是和我父亲一块摇运输的那个人。"

女店长说："啊，是石头吗？"

阿兰说："是的。"

野藕记

因为石头和大力气的运输船曾给副食品店运送食物，所以女店长认识他，因为石头吃苦耐劳，干活卖力，女店长也非常看好他的。女店长说："这个小伙子不错。"又说："你跟着这种能吃苦的小伙子，未来的日子不会吃苦的哟。"

　　阿兰说："但愿如此。"

　　女店长忽然压低声音对阿兰说："你知道汤阿姐的事了吗？"

　　阿兰说："不清楚。"

　　女店长说："她男人回来了，把汤阿姐的脚打断了，现在好好的一家人闹得不成样子了，哎……"

　　阿兰没想到风光一时的汤阿姐会落到如此凄凉的地步。

　　汤阿姐被她男人打断了脚，她只好默默地接受这个事实。而江天强也离开了那个生产资料部，听说江组长找关系把他送到上海打工去了，因为这小子与有夫之妇乱搞男女关系，造成了很不好的影响，江组长是一个要面子的人，所以他让儿子远走高飞了。

　　阿兰非常愧疚，怕以后石头知道她与江天强怀过孩子，所以她想应该对他坦白，因为真正的爱情就是坦诚相见。

此是后话。

话说那天夜里，运输船回来了，大力气也回家了。

在船上时，石头告诉大力气，吃过晚饭要约阿兰出门走走，大力气答应得非常痛快。他说："那你就上我家吃晚饭吧，我家里还有一瓶粮食白酒，我与你好好喝一盅白酒。"

石头说："我回家吃吧。"

大力气说："多人不多菜，就上我家吃，说不定我们回家，阿兰已经下班在家了。"

石头说："那我在家吃好晚饭就去你家。"

大力气极力邀请石头上他家吃晚饭，石头却一直婉拒。他心想，我与阿兰的恋爱关系还没有真正确定下来，所以不能与未来岳父母走得太近，因为心急吃不了热粥。

自此，石头和大力气各自回家去了。大力气到家，看到妻子一个人坐在屋檐下发呆，说："晚饭做了吗？"

新嫂嫂说："我不晓得你今天回来，所以你的晚饭没有做呀。"

大力气说："哎，我每次回来，你都不做晚饭的，还好今天石头没有跟我回家吃晚饭，要是他跟我来吃晚饭，那真的是出尽洋相哉。"

新嫂嫂说："我又不是神仙会神机妙算，还好现在还不晚，我马上淘米做晚饭。"

野藕记

大力气说："好的，你抓紧时间，我肚皮饿了，再说等会儿石头要过来的。"

新嫂嫂说："你要快的话，我下面条给你吃，这个比做饭快。"

大力气说："我要吃饭，这几天在外头一直吃面条，我吃怕面条了。"

新嫂嫂说："如果你肚皮饿，那你先把我和女儿的米饭吃了吧，等会儿做的米饭我与女儿吃，这个是一样的。"

大力气说："女儿可能就要到家了，我哪能吃掉她的饭呢？"又说："我先喝粮食白酒，家里不是有蚕豆吗，你就炒一碗蚕豆让我下酒。"

新嫂嫂说："行，我就炒蚕豆。你要吃咸蚕豆，还是煮蚕豆？"

大力气说："都可以。"

过了十几分钟，阿兰回来了。她看见桌子上有炒蚕豆，抓了一把蚕豆吃了起来，吃得很快活的样子。她说："爸，你一个人在喝酒啊？"

大力气嘴巴里刚在吃一粒蚕豆，所以张了一下嘴巴，却没有发出一点声音来。等了一下，他把蚕豆咽下去才说："我本想叫石头过来一块喝酒的，但他说回家吃晚饭。"

阿兰说："你俩在船上喝酒吗？"

大力气说："有时晚上我喝酒的，但石头不喝酒。"

阿兰说："年轻人不应该喝酒。"

大力气说："不过，石头陪我喝酒，你可不能说他。"

阿兰说："那我会劝他少喝点，多吃点饭。"

大力气说："石头不来吃晚饭，但晚上他会来我家的，你有时间就陪他到外面走走。"

阿兰"嗯"了一声，她突然想到了什么，说："爸，你现在像是石头的传话筒了，以前你可是不这样的，到了晚上不让我出门，更不让我见石头。"

大力气呷了一口酒，不紧不慢地说："以前是以前，现在是现在，如果我不改变，你就会失去石头这样一个好小伙子，这个做爸的心里明明白白，即使喝酒了也会这么想的。"

阿兰说："可是，我却不是从前的那一个人了，我感觉对不起石头。"

大力气说："感觉对不起石头的不应该是你，而是我，还有你娘，如果不是我和你娘阻挡，你也不会与那个姓江的交往，也不会有那些是是非非，女儿，对不起！"

阿兰说："我不怪父母。"说完，她走向房间。

野藕记

"你吃晚饭啊。"大力气冲着她的背影叫道。

这时，新嫂嫂端了一碗红烧萝卜走到了桌子前，她放下那一只菜碗，问道："女儿呢？"

大力气指指房间说："在房间里。"

新嫂嫂说："你们父女俩刚才说些什么呀？"

大力气说："没说什么，哎……"

新嫂嫂说："你哎，你叹气做什么呀？"

大力气说："你女儿说对不起石头，她的意思是打掉过小孩……"

新嫂嫂说："哎哟，女儿傻的，只要不讲，石头会知道吗？即使他知道，打死也不承认，我来对女儿说。"说完，她就向房间走去，只见阿兰坐在床铺上一个人在发呆。

新嫂嫂说："你怎么不吃晚饭呢？"

阿兰说："我不饿，我不想吃晚饭。"

石头匆匆吃过晚饭就来到了阿兰家。

新嫂嫂问道："石头，你吃过晚饭了吗？没吃，菜没有什么，锅里饭还有的，我来打饭给你吃。"

大力气招呼石头："石头，你请坐，碗里有蚕豆，你

281

吃吧。"

石头并没有伸手抓蚕豆吃，阿兰见他不动手，便伸手从碗里抓了一把放在石头的手掌里，说："你吃蚕豆啊，我妈吃晚饭前炒的蚕豆，你可不要客气。"

石头说："我不会客气的。"说着，他开始吃蚕豆了。但他看见碗里蚕豆并不多，所以吃了几粒蚕豆后便不吃了。

新嫂嫂对石头说："你喜欢吃蚕豆吗？"

石头说："不是特别喜欢。"他知道她的，如果说喜欢，她肯定又会炒蚕豆"。

新嫂嫂又说："等一会儿，你和阿兰外出散步，我来炒蚕豆，你们要吃蚕豆吗？"

石头说："不要。"

阿兰说："不要。"

大力气对石头和阿兰说："你们如果要外出就早点外出，也好早点回来，不要玩到半夜三更啊，因为明天阿兰要上班，石头和我要摇运输的。"

石头瞅了一眼阿兰，轻声说："那我们散步去。"

俩人向外面走去，大力气起身送他俩到门外，新嫂嫂也追了出来，对他俩说："你们不要走远，就在村庄里转转吧。"

阿兰回头说："我晓得的，不会走得很远的呀。"

看到他俩走远，大力气说："现在女儿嫁给石头，这下我

野藕记

放心了。"

新嫂嫂说："我关照女儿不要讲自己打过胎的，我担心女儿会不会把这个事情讲出来？"

大力气说："女儿不是三岁小孩，她在外面做营业员也算是一个见过世面的人，她应该知道什么话可以说，什么话不可以说，不会乱讲的吧。"

新嫂嫂说："我对女儿说，你怀孕的事在你和石头结婚前，千千万万不能让他知道，世界上没有一个男人能够吃得了这一堆'干屎'，石头知道了肯定不会像现在这样太平。"

大力气说："哎，女儿出了这种事情，真的替她着急，真的让父母亲头痛啊！"

新嫂嫂说："现在不知道他俩到哪里玩，要不等我洗好碗，去找找他们，叫女儿早点回家。"

大力气眼睛一瞪道："你总是这样无事找事，你就耐心在家等女儿回来吧。"

黑夜沉睡了。

村庄沉睡了。

然而，两位年轻人却在村外的小树林里热烈地交谈着。

283

白天的小树林有许多的小鸟在树上鸣叫，可是这个夜晚小树林特别得幽静，不知道那些小鸟去哪儿了？石头突然想起了以前打手电筒捉麻雀的事，便问阿兰："你用手电筒捉过麻雀吗？"

　　阿兰说："没有，我用手电筒捉过壁虎。"

　　石头说："呵，我也捉过壁虎，但捉壁虎没有捉麻雀有劲。我就在这个小树林里捉过很多的麻雀。"

　　阿兰说："那你现在怎么不捉麻雀呢？"

　　石头说："现在长大了才知道麻雀是益鸟，它是受保护的小动物，不能捕捉。"

　　阿兰说："是的，不过好像现在小鸟也没有以前多，以前这个小树林里的树上有很多鸟窝，我还掏过鸟窝里的鸟蛋哩。"

　　石头说："啊，你也掏过鸟窝啊？"

　　阿兰说："就你掏过鸟窝吗？你可不要看不起人！"

　　阿兰笑了，她的笑声打破了小树林的宁静，突然有一只大鸟鸣叫着从一棵树上飞走了。石头说："你看，小树林里还是有小鸟和大鸟的，只是夜晚它们都躲藏起来了。"又感叹地说："其实，我也是一只小小的鸟啊！"

　　阿兰不解其意，问道："你说你是一只小小的鸟？"

　　石头说："是啊，我是一只小小的鸟，飞不高，飞不远。"

野藕记

阿兰这才恍然大悟，说："你是一只小小鸟，那我也是一只小小的鸟。"

石头说："你说得对，从此我们比翼双飞。"

阿兰说："我，我……"

石头说："我说比翼双飞不对吗？"

阿兰说："你说得对，只是我是一只受伤的小小鸟。"

石头伸手拉着她的手，说："阿兰，别说傻话了，以前的风风雨雨已经过去了，就像这个黑夜很快会过去，黎明就会很快到来。"

阿兰说："可是，我……"她话到嘴边，还是没有勇气说出来。

石头说："你想对我说什么，你的话，我愿意听。"

阿兰说："我已经失过身……你还愿意接受我吗？"她的心里已经乱开了锅，眼里汪汪的，不知所措。

其实，这是石头料想到的事，他曾经无数次地对自己说：不管阿兰怎样，我爱她的心永远不变，我要用自己最真的一颗心，让她拥有最美的爱情，拥有最幸福的生活。

为此，他在日记本上抄录了丰子恺的一句话："你若爱，生活哪里都可爱。你若恨，生活哪里都可恨。你若感恩，处处可感恩。你若成长，事事可成长。不是世界选择了你，是你选择了这个世界。既然无处可躲，不如傻乐。既然无处可逃，不如喜悦。既然没有净土，不如静心。既然没有如愿，不如释然。"

　　以前，阿兰和石头在小树林里约会都是偷偷摸摸的，担心被阿兰的父母亲发现，因为他们极力反对阿兰与石头恋爱。如今，阿兰的父母亲已经全力支持女儿和石头恋爱，而且他们在极力促成这一件事情。

　　用石头的话就是梦已经醒了。

　　"阿兰，这一切就当是做了一场恶梦，就让它过去吧。"石头对阿兰说。

　　阿兰流泪不止。

　　"你不要哭，从此以后，我会保护你，不让你受到伤害，请你相信我。"石头说。

　　"我相信你。"阿兰说。

　　两个人身子靠着一棵树，紧紧地拥抱在一起。

　　石头说："我已给大队提交了建房申请，只要大队批准下来，我就要开始建造房子，我要建造三间平房，等房子建造好了，马上布置新房，我就叫媒人到你家提亲，再定个日子我迎娶你，你愿意吗？"

野藕记

阿兰伸手拍了他的肩膀一下，说："即使你不建造新房子，明天你叫媒人来提亲，明天我就做你的新娘。"

石头说："那可不行，我不愿意让你过这种苦日子。"

阿兰说："和你在一起，苦日子也是甜蜜的。"

石头说："只要我们爱劳动，辛勤劳作，明天会美好。"

阿兰说："对的，明天会更加美好！"

那天夜里，石头亲吻了阿兰……阿兰却是流泪满面，她是万般激动，又是万般内疚。

"好了，我送你回家吧，时间不早了。"石头说。

"真想和你等到天亮。"阿兰说。

"你说傻话，你到天亮回家，那你父母亲肯定会到这个小树林里找你的。"石头说。

"可能会吧，我父母亲不识字，思想觉悟不高，但本质上还是属于善良的人。"阿兰说。

"是的，我和你爸在一个船上干活，你爸总是抢生活干，他说年轻人不能干生活，现在你正是长身体的时候。我感觉，你爸真好！"石头说。

"我想，你应该表现得也很好，得到了我爸的认可。"阿兰说。

"因为我心里有你，所以我想应该首先得到你爸的认可，如果得不到你爸的认可，我想就得不到他的支持，那么我与

287

你的爱情就困难重重，你说是不是？"石头说，这是他发自内心的话。

"你真聪明！"阿兰说。

"因为你可爱！"石头说。

"我不可爱了……"阿兰眼圈又红了。

"以后，你可不能这样说了。"石头当即予以纠正。又说："我想起了一句古诗：结发为夫妻，恩爱两不疑。是的，从此以后我们齐心协力，一起艰苦奋斗！"

已是晚上十点二十分，因为阿兰戴着一只钻石牌手表，所以她知道时间。阿兰明白，明天一早石头与父亲就要外出摇运输，而且装卸货物基本也都是他俩负责，所以他们摇运输可以说非常辛苦。

阿兰说："我想回家了。"

石头却是不舍分离，说："你回家有什么急事？"

阿兰说："我没有什么急事，你与我爸不是明天一早要外出摇运输吗？"

石头这才反应过来，说："对了，明天早晨你也要上班的，那我先送你回家。"

野藕记

阿兰说："不用了，我自己回家。"

石头说："黑夜里伸手不见五指，你敢回去，我心里也不放心。"

阿兰说："既然这样，你就把我送到村口。"

石头说："好事做到底，我要把你送到家，我心里才放心。"

也许是触景生情，当他俩经过那个潭潭时，俩人不约而同地想起了挖野藕的事。石头说："时间过得真快，几个月前我们在这个潭潭里挖野藕好像就在昨天。"

阿兰说："是啊，那时候你在潭潭里挖野藕，而我在岸上还在提心吊胆。"

石头说："提心吊胆，什么意思？"

阿兰说："我担心父母亲寻找过来，那我和你约会不是被他们发现了吗？"

石头说："是啊，那时我们相爱像搞地下工作一样啊！"

阿兰说："但现在我的父母亲像换了一个人，他们极力支持我和你相爱了。"

石头说："好啊，我想趁热打铁。"

阿兰有点没理解他的意思，便问道："你想趁热打铁，你想打什么东西呢？"

石头笑了笑，说："我的想法是趁你的父母亲同意我俩恋爱这个好机会，我要抓紧时间把三间平房建造起来，当然更重要的一件事就是抓紧时间与你去领取结婚证，与你办一个结婚酒席。"

阿兰说："你什么时候建造房子，你什么时候通知我，我要帮小工，也要为我们的新房出些力量。"

石头断然谢绝，他说："我请木工、泥工做活，用不着你来干活的呀。"

阿兰说："以前有亲戚家造房子，我也是帮过小工的，我手上都是老茧。"她一边说，一边让石头摸她手上的茧。

"你是有老茧。"石头肯定了她的说法。

"所以，你家造新房，这个小工我是一定要相帮的。"阿兰说，看来她的心早已飞到石头家的新房里，只是新房还没有开始建造呐。

石头握着阿兰的手，而阿兰的脸上浮出了迷人的笑容，只是黑夜里石头看不到，但他感觉到了，因为她的胸膛靠着他的胸膛，她的胸膛剧烈地起伏着，他情不自禁地抱紧了阿兰。

这是他第一次与她亲热。石头说："谢谢你给我的温柔。"

野藕记

阿兰理了理衣服，说："你感觉幸福吗？"

石头说："我感觉我是世界上最幸福的人。"

阿兰说："那你就快建造房子，哪天房子好，我哪天嫁给你，我要给你生一个大胖儿子。"

石头说："好，这几天我去大队催一下，看那个建房申请批准了没有，只要大队一批准，我就马上建造新房，大概一个月就可以建造好的，包括装修新房。"

阿兰说："到时我们一块布置新房。"

石头说："好的。"

阿兰说："我有一个小小的请求。"

石头说："你说，我一定会满足你的。"

阿兰说："就是新房里，地面最好铺砖头，因为泥巴地的话，家具脚放不平，更不好的是会有老鼠洞，我胆小，我见老鼠就害怕。"

石头当即保证："那个地面我不铺砖头，我浇水泥地。"

阿兰高兴地跳了起来，说："那太好了，那老鼠就无法在地面上打洞了。"

石头说："是的，这样新房里肯定没有老鼠洞了，老鼠在新房里就不会出没了。"

两个人又在那里耳鬓厮磨了一会儿。

石头说："和你待在一起，就是感觉时间过得好快啊！"

291

阿兰说："嗯，天很快会亮的，我们回去吧。"

石头说："好！"

又说："黑夜里，我看不见你的脸，但我看见了你的心，你不嫌我家穷，我对你发誓，我会好好工作，我会好好爱你，我会让你一生幸福！"

阿兰说："从此，我就是你的，风里雨里，我们一起走，我们一起冲。"

石头说："对的，我们一起冲。"

两个人牵手向前走了。没走几步，石头回头看了一眼，说："这潭潭过不了多久，莲叶又会生机勃勃，潭潭里又会生出无数的野藕，到那一天，我带着你来这里，我要挖很多的野藕送给你，让你把这些野藕挂在我们新房的墙上。"

阿兰的脸上绽放着笑容，她用幸福的语调说："不仅把野藕挂在我们新房的墙上，更要挂在我的心房上……"

野藕记